On trouve, chez le même Libraire, la collection des Ana, à 75 cent. l'exemplaire.

Chaque volume, pris séparément, 1 franc.

Arlequiniana.
Asiniana.
Bievriana.
Bonapartiana.
Champfortiana.
Comédiana.
Encyclopédiana.
Fontainiana.
Fontenelliana.
Gasconiana.
Harpagoniana.
Henriana.
Jocrissiana.
Linguetiana.
Molieriana.
Pironiana.
Scaroniana.
Voltairiana.
Encore des Calembourgs.
Encore un moyen de rire.
Lot (le gros).

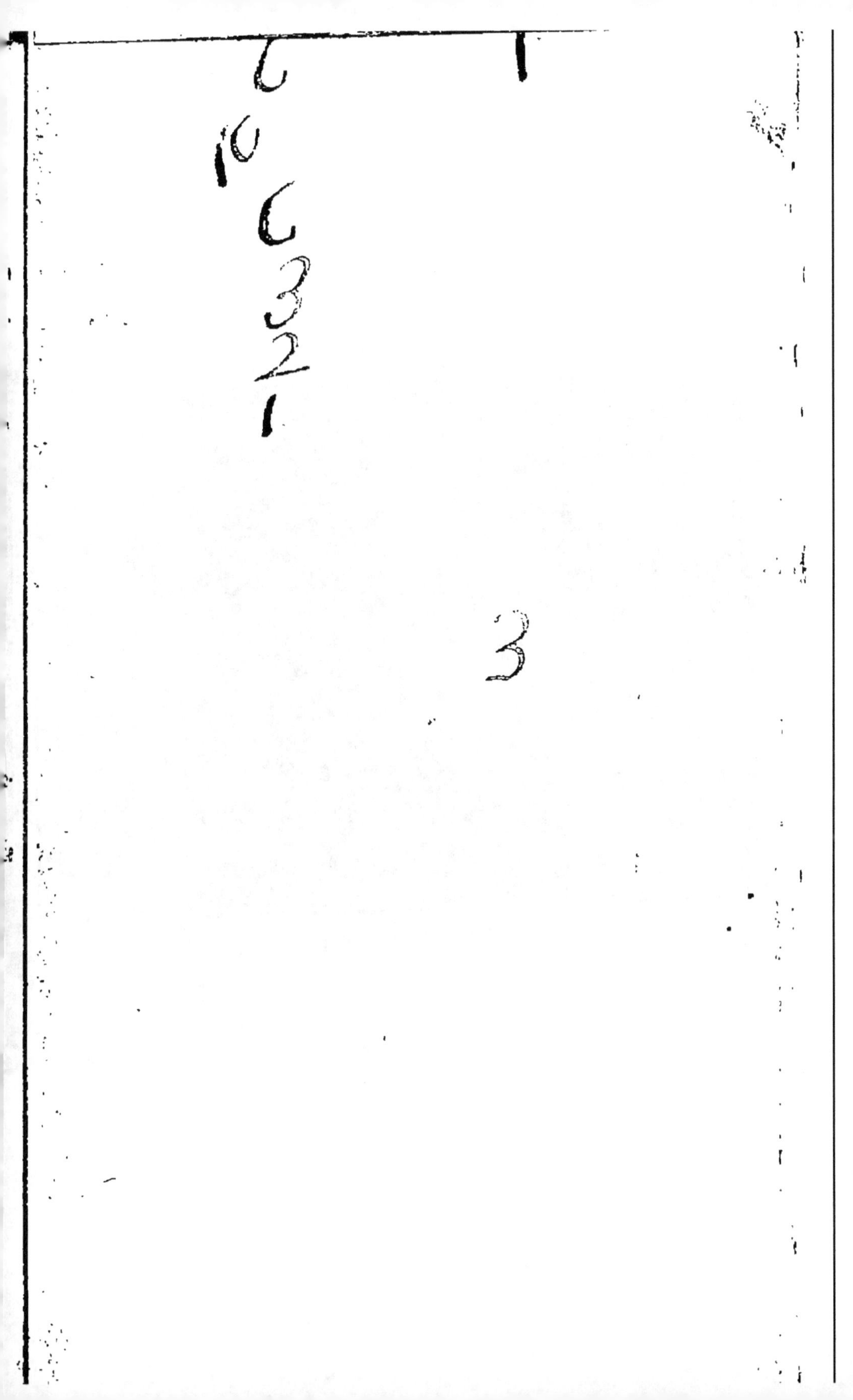

BOURGEOIS GENTILHOMME, Comédie.

Cérémonie Turque.

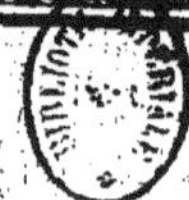

COMÉDIANA,

OU

RECUEIL choisi d'Anecdotes dramatiques, bons mots des comédiens, et réparties spirituelles, de bonhomie et de naïveté du parterre.

> Le monde est vieux, dit-on, je le crois : cependant
> Il le faut amuser encore comme un enfant.
>
> LAFONTAINE.

PAR C.... d'AVAL....

A PARIS,

Chez MARCHAND, Palais du Tribunat, première Galerie de bois, près le Passage Valois, N°. 188.

AN IX. — 1801.

AUX HABITUÉS
DU PARTERRE.

INSTRUIRE et amuser sont les deux motifs qui m'ont engagé à composer ce recueil; vous le dédier, c'est en assurer le succès. J'ai rapporté sans fard vos traits plaisans, sérieux et comiques, vos gentillesses badines, vos réponses pleines de bonhomie et de naïveté. J'en ai fait autant à l'égard des acteurs : je vous ai mis en opposition les uns aux autres, pour faire ressortir avec plus d'éclat ce qui mérite réellement l'attention du public. Puis-je me flatter d'avoir réussi, c'est ce que le tems pourra m'apprendre. En attendant cet assentiment, permettez-moi de finir, et de vous assurer de la haute considération avec laquelle j'ai l'honneur d'être,

Votre dévoué

J. C.

CE QU'IL FAUT LIRE.

Ma tante est une bonne femme qui a toujours aimé avec fureur et aime encore le spectacle. Un jour que j'étais au coin de son feu, elle me dit : Mon cher neveu, vous compilez journellement, et malgré vos compilations, vous n'avez point encore réussi à faire un ouvrage qui me plût. Vous savez que le spectacle fut toujours, et est encore en ce moment ma passion favorite. Je desirerais donc que vous fassiez un recueil choisi des anecdotes, aventures, bons mots, traits plaisans, situations comiques et saillantes relatives au théâtre, et que vous y ajoutiez tout ce qu'il y a de plus nouveau en ce genre.

LE NEVEU.

Il existe des ouvrages qui traitent de

tout cela. Vous ne connaissez donc pas les Anecdotes dramatiques en trois volumes ?

LA TANTE.

Je les connais aussi bien que vous ; mais ce recueil est déjà ancien, et date un peu de loin.

LE NEVEU.

Nous avons en outre le Dictionnaire des Théâtres.

LA TANTE.

Plaisant dictionnaire, où quelques anecdotes sont noyées dans une mer de mots ! Je l'ai parcouru pour mon malheur ; et toutes les fois que j'y pense, je sens mes vapeurs prêtes de revenir.

LE NEVEU.

Outre ces deux compilations, vous avez la collection complette des Almanachs de spectacles.

LA TANTE.

Des Almanachs ! belle autorité ! Ce seul mot d'Almanach est capable de me faire tomber en syncope.

LE NEVEU.

On possède encore bon nombre de brochures en ce genre ; et n'avez-vous pas entendu parler du Dictionnaire Néologique des Hommes et des Choses, du cousin Jacques, qui a traité aussi ces sortes de matières ?

LA TANTE.

Ne me parlez pas de cet homme : il y a long-tems que j'ai fait justice de cette compilation volumineuse sans plan et sans art qu'il a donnée sous le nom de Dictionnaire.

LE NEVEU.

Si tous ces ouvrages n'ont pu vous plaire, je ne puis me flatter de réussir mieux qu'un autre. Il faut avoir beaucoup de talens, des connaissances étendues, et une certaine sagacité dans l'esprit ; et, malgré mon petit amour-propre, je ne crois pas avoir tout cela.

LA TANTE.

Encore de la modestie ! Je n'y crois pas. Il y a long-tems que j'ai entendu sonner ce mot à mon oreille, et qu'il ne m'a jamais fait la moindre impression. Il en est de ce mot, que j'entends sans cesse siffler, comme d'un ruisseau dont j'écoute le murmure sans être distrait.

LE NEVEU.

Vous faites des comparaisons brillantes, ma chère tante !

LA TANTE.

Il ne s'agit point ici de comparaison ; ce que je vous demande est-il si difficile ? Ne savez-vous pas que le bon la Fontaine a dit que,

Persévérance vient à bout,
De quoi ? De tout.

LE NEVEU.

Cela est vrai en partie, et quand on n'a pas un certain esprit....

LA TANTE.

De quel esprit voulez-vous parler ? Pour entreprendre ce petit travail, il ne faut qu'un esprit de discernement et un certain ordre dans ses idées, et pour vous faciliter cette opération, voici le plan que vous devez suivre :

1°. Compulsez tous les livres qui traitent des spectacles, extrayez-en les anecdotes les plus saillantes ;

2°. Tous les anciens almanachs de spectacles ;

3°. Tous les recueils d'anecdotes et tous les *ana* possibles ;

4°. Je vous fournirai quelques traits, bons mots qui ne sont pas encore connus du public, et des notes qui m'ont été données par des anciens amateurs.

Avec tous ces secours, vous ferez un petit recueil qui ne sera pas volumineux, mais qui sera bon.

LE NEVEU.

Je me rends à vos raisons, et dès demain, je me mets à l'ouvrage; veuillez m'aider sur-tout de vos conseils.

LA TANTE.

De conseils! je n'en suis pas avare; vous n'avez qu'à m'écouter, et vous verrez si j'ai de l'expérience.

Quelqu'un qui entra au même instant, rompit la conversation, je me levai et pris congé de ma tante.

PRÉFACE.

Il faut des hochets pour tous les âges. En voici un qui doit plaire au plus grand nombre des lecteurs. On a réduit en un seul volume ce qui remplit une infinité de livres : de plus, on y ajoute beaucoup d'anecdotes nouvelles, des notes et des remarques curieuses : docile au vœu d'Horace qui dit :

Omne tulit punctum qui miscuit utile dulci.

On s'est efforcé de rendre ce recueil gai et plaisant. Le rire est un besoin pour les Français; quelques traits un peu satyriques, et sur-tout la bonne plaisanterie l'amusent. Hé bien ! il trouvera ici tout ce qu'il desire. On n'a point rapporté les anecdotes concernant les grands maîtres de la scène française : tout le monde les connaît ; leurs ouvrages sont dans toutes les bibliothèques. Le but qu'on s'est proposé et qu'on croit avoir rempli est de mettre au jour ce qui n'est point connu du commun des lecteurs.

Lisez, lecteurs, et jugez.

COMÉDIANA.

UN officier passant par Lyon, où l'on jouait *Alcibiade*, indigné au quatrième acte de la manière cruelle dont l'actrice qui jouait *Palméo* traitait un héros si passionné et si intéressant, se leva de sa place, et par un enthousiasme de bonté d'ame, dit tout haut à l'acteur rebuté : Eh que diable ! *donne-lui quatre louis, comme j'ai fait tantôt, et tu en viendras à bout sur ma parole.*

M. Laharpe ne s'était point fait connaître pour l'auteur de *Pharamond*, tragédie qui fut représentée en 1765, et non imprimée, et l'on ignorait absolument de qui elle était. A l'annonce, le parterre applaudit et demanda l'auteur . . . . . l'auteur ! . . . . L'acteur qui faisait l'annonce répondit que l'auteur n'était point à la comédie. On lui demanda alors le nom de l'auteur. Il répondit qu'aucun des comédiens ne savait son nom, et qu'il n'était point connu. Sur cette dernière réponse, en contradiction avec la première, le parterre continua encore, mais mollement, à demander l'auteur. Une femme jeune, assez jolie, et placée dans l'orchestre, impatientée de ce que l'on ne demandait pas l'auteur avec plus de vivacité, se retourna du côté du parterre, et dit assez haut : « Si j'avais l'honneur d'être le parterre, je ne cesserais point de crier, que l'auteur n'eût paru ». Cette saillie fit recommencer les cris de ceux qui étaient à portée de l'entendre : elle n'eut pas cependant la satisfaction qu'elle desirait.

Des comédiens avaient annoncé à Besançon, dans leur affiche, la tragédie de *Rhadamiste*, avec le nom de l'auteur. A la représentation, lorsque l'acteur prononça ce vers :

De quel front osez-vous, soldat de Corbulon,

un des spectateurs cria tout haut : « C'est *Crébillon* qu'il faut dire ; j'ai lu l'affiche. Ces comédiens de province sont d'une ignorance qui défigure tous les noms ».

Un acteur qui jouait de tout, et jamais rien de bien, maltraité journellement du public, s'avisa un jour de le haranguer :

« Je ne sais, messieurs, par où » j'ai eu le malheur de vous déplaire : je fais tout ce que je peux, et je me prête à tout de la meilleure volonté du monde, sans pouvoir vous contenter. Je joue dans le tragique et le comique.

LE PARTERRE. Tant pis !

L'Acteur. Je joue des premiers, des seconds et des troisièmes rôles.

Le Part. Tant pis !

L'Act. Je chante dans l'opéra bouffon.

Le Part. Tant pis !

L'acteur. Je danse même dans les ballets.

Le Part. Tant pis !

Après quoi fixant le public avec un air d'attendrisement, *ingrat parterre, que t'ai-je fait*, ajouta cet acteur ? *tu me forceras à m'en aller.*

Le Part. Tant mieux !

Et chaque raison ainsi alléguée était toujours ripostée d'un *tant pis* ou d'un *tant mieux*. A la fin excédé, hors de lui et ne sachant plus que dire, il s'échappa jusqu'à envoyer tout crûment le parterre.... où l'honnêteté ne permet pas de penser. *Tant mieux*, répond encore un autre plaisant.... Cependant l'acteur se tournant tout de suite par réflexion, dit fort poliment : .... *Mesdames! ce n'est pas pour vous que je parle au moins!* — *Tant pis!* répond une voix flattée qui partait du fond d'une loge. Tout cette scène singulière fut interrompue, à chaque instant, par les risées et les brouhaha réitérés du public, ce qui joint à la constance opiniâtre de l'acteur, la fit durer près d'un quart-d'heure. Ce fut la nouvelle du jour; et sur-tout il n'était question dans toute la ville que de cette touchante apostrophe d'*ingrat parterre*; si bien que pendant long-tems on ne demandait plus à la porte de la comédie un billet du parterre; mais on disait : *Donnez-moi un ingrat* (1).

(1) Rien de si plaisant que cette scène qui se passa dans une ville de province. Les

En 1747, on joua à Bruxelles la *Répétition interrompue*, opéra-comique, dans lequel il y a une scène où le souffleur se prend de querelle avec l'acteur. La dispute cette fois ayant paru poussée un peu loin, l'officier-général qui commandait en l'absence du maréchal de Saxe, n'ayant aucune notion de la pièce, s'élança hors de sa loge, appelle la garde, envoye en prison les deux champions (qui jouissaient de son erreur), et donna ainsi une scène publique encore plus plaisante que celle de la pièce même.

Un acteur que le public autorisait, par ses applaudissemens, à la licence d'ajouter à ses rôles, la poussa une

---

acteurs du Cadet-Roussel auraient pu l'employer utilement dans cette pièce, au moyen de leur double théâtre.

fois jusqu'à la dernière impertinence. Dans le Crispin du *Légataire*, en fabriquant le faux testament au quatrième acte, il osa hasarder la polissonnerie suivante :

Item, je donne et lègue à messieurs du parterre,
Pour siffler mon neveu le trou de mon d......

Or ce neveu était effectivement celui du Crispin, qui, aveuglé par trop d'intérêt, ne s'oublia jusqu'à ce point que parce qu'il le voyait hué du public. On exigea une réparation authentique de la part de l'acteur, qui s'en acquitta avec beaucoup d'esprit, après avoir subi quelques jours de prison. Pour cet effet, il prit un fauteuil et un tabouret; le premier représentant le Parterre, et le second l'acteur *en délit*. Ensuite passant alternativement de l'un à l'autre, il fit, pour s'excuser, une petite scène la plus plaisante du monde, à l'instar de Sosie avec sa lanterne, dans Amphitrion; et, tout en s'excusant, il trouva moyen de lâcher, en passant quelques légers sarcasmes au parterre, sans qu'il pût s'en offenser.

Miss W*ossingthon*, célèbre actrice de Londres, après avoir joué avec un succès un rôle d'homme, dit en rentrant au foyer : *Je gage que la moitié du public m'a prise pour un homme.* Un de ses camarades lui répondit malignement : *l'autre moitié sait bien à quoi s'en tenir pour la détromper.*

Mademoiselle Duclos, dans *Inès de Castro*, voyant rire le public à l'arrivée des enfans au cinquième acte, eut la hardiesse de l'apostropher en ces termes : « Ris donc sot Parterre, à l'endroit le plus touchant de la comédie », ce qui par un hasard inconcevable, loin d'indisposer les spectateurs, fut fort applaudi.

Que de fois le parterre a été pris pour dupe, et a montré pour ainsi dire le bout de l'oreille dans les jugemens qu'il a portés, et qu'il porte encore.

On sait que le *Misanthrope* de Molière fut d'abord mal accueilli du public; et qu'il ne se soutînt au théâtre qu'à la faveur du *Médecin malgré lui*. A la première représentation de ce chef-d'œuvre de la scène-comique, après la lecture du sonnet d'*Oronte*, le parterre applaudit; *Alceste* démontre dans la suite de la scène, que les pensées et les vers de ce sonnet étaient

De ces colifichets dont le bon sens murmure ;

Le public confus d'avoir pris le change, s'indisposa alors contre la pièce.

A la première représentation d'*Abdily*, tragédie-comédie, un instant avant qu'elle commençât, le parterre voyant un abbé placé au théâtre dans les premiers rangs, se mit à crier : *à bas, l'abbé, à bas.* L'abbé resta tranquillement, comme s'il n'eût eu aucun intérêt dans cette affaire ; mais comme on continuait à le huer, il se leva et s'adressant au parterre, il lui dit :

« Messieurs, depuis qu'on m'a volé une montre d'or en votre compagnie, j'aime mieux qu'il m'en coûte une place au théâtre, que de risquer encore ma tabatière....... »

Le parterre, pas un effet de bonhomie rare, changea ses huées continuelles en applaudissemens, et l'abbé reprit sa place.

On jouait *Britannicus* sur un théâtre. L'actrice chargée du rôle d'Agrippine, manquant de mémoire ou de bon sens, au lieu de dire :

Mit Claude dans mon lit et Rome à mes
genoux,

dit :

Mit Rome dans mon lit et Claude à mes
genoux.

Un autre dans le rôle de Camille de la tragédie des *Horaces*, au lieu de dire :

Que l'un de vous me tue, et que l'autre me
venge,

dit :

Que l'un de vous me tue, et que l'autre me
mange.

En fait d'ignorance de certains acteurs morts et vivans, on pourarit citer nombre de traits, la tâche serait trop pénible, et les vivans ne se corrigeraient pas.

Un acteur qui venait de Flandre, débutait à Paris dans le rôle d'*Andronie* avec fort peu de succès, et lorsqu'il vint à dire :

Mais pour ma fuite, ami, quel parti dois-je
prendre ?

Un plaisant répondit :

L'ami, prenez la poste et retournez en
Flandre.

On donna au théâtre des Variétés (1), il y a quelques années une pièce nou-

(1) Ce théâtre qui a été démoli, était à-

velle dont le succès balança. La scène représentait l'office d'une grande maison où les domestiques étaient à dîner ; au milieu du repas, un coup de sifflet perçant se fit entendre du fond de la salle ; *Bordier* (1) qui jouait le rôle d'un valet faisait le seigneur, s'adressant au maître d'hôtel, hasarda cette saillie : *Mon ami, vas donc fermer la fenêtre, le vent siffle.*

Dancourt, annonçant au public le spectacle qu'on devait jouer, on lui

---

peu-près où est aujourd'hui celui de la République. Les acteurs émigrèrent aux théâtres de la Montansier et de la Cité.

(1) Très-bon acteur de ce petit spectacle. Il fut pendu dans les premiers jours de la révolution, à Rouen, où il avait été envoyé comme missionnaire pour prêcher la doctrine révolutionnaire.

demanda *Ariane*, de Thomas Corneille, dans laquelle excellait mademoiselle *Duclos*. Mais cette actrice était enceinte, et l'acteur fit signe par un geste adroit, de son ambarras. Cependant mademoiselle *Duclos*, qui l'observait de la coulisse, s'avance avec fureur, lui donne un vigoureux soufflet; et dit ensuite tranquillement au parterre : *messieurs, à demain.*

Le chevalier de *Tintiniac*, officier dans les gardes françaises, étant debout au milieu du théâtre à la représentation d'une tragédie de l'abbé le Blanc, un spectateur lui cria du fond du parterre : « Annoncez ». Tintiniac ne se remua point; les clameurs redoublèrent; on poussa les choses jusqu'à lui dire : « Annoncez, l'homme à l'habit gris de fer, galonné en or; annoncez ». Le chevalier ne doutant plus que l'apostrophe ne s'adressât à lui, s'avança sur le bord du théâtre, et dit : « J'annonce que vous êtes des drôles, que je rouerai de coups ». Le parterre se tut, et les acteurs jouèrent la pièce (1).

Mademoiselle Champmêlé, célèbre actrice, sacrifia Racine au comte de Clermont-Tonnerre. On fit le quatrain suivant sur cette aventure, quatrain dont tout le sel et toute la finesse roulent sur un jeu de mots :

Au tendre amour elle fut destinée,
Qui prit long-tems *Racine* dans son cœur ;
Mais par un insigne malheur,
Le *tonnerre* est venu qui l'a *déracinée*.

(1) A-coup-sûr on ne citera pas ce trait comme un trait de bravoure de la part du parterre.

Un acteur de l'opéra chantant d'une voix mal assurée un monologue qui commençait par *je viens*, un plaisant ajouta : *du Cabaret, ma foi, oui*, dit l'acteur; cette plaisanterie fut couverte de nombreux applaudissemens.

Andromaque, dans la tragédie de Racine, dit :

Je mourrai vers les lieux où l'on retient mon fils.

Comme l'actrice insistait trop sur le premier hémistiche, une voix s'éleva du parterre, qui dit : *vous n'avez donc pas besoin de papier*. Ce très-mauvais mot pensa faire tomber la pièce à la première représentation.

Un acteur qui faisait le rôle d'*Amadis des Gaules* à une des reprises de cet opéra, ayant reçu des coups de bâton d'un homme qu'il avait insulté, fut nommé dans le monde pendant longtems : *Amadis Gaulé*.

Mademoiselle Arnoux, dit un jour de mademoiselle Durancy qui joua Clytemnestre dans Éphigénie et fut sifflée : « c'est étonnant, car elle a la voix du peuple ». Mademoiselle Durancy avait une vilaine voix et le cri un peu poissard.

On donna dans une ville de Parlement, *Samson*, tragi-comédie, suivie du petit opéra de *Lucile*. On sait qu'Arlequin, dans la première pièce, a coutume de se servir d'un gros dindon, pour parodier le principal personnage, lorsqu'il emporte son père sur ses épaules. Mais le dindon s'étant échappé de l'endroit où on l'avait enfermé, parut sur le théâtre, au milieu de la petite pièce, et, tout effrayé, s'envola dans une loge occupée par un magistrat qui était au spectacle, avec sa femme et ses enfans; et comme toute cette famille ne passait pas pour être la plus spirituelle du pays, un plaisant s'avisât de chanter sur l'air du premier quatuor de cet opéra : *Où peut-on être mieux qu'au sein de sa famille?.....* Ce qui, sur-le-champ, par une saillie du parterre, fut répété en *chorus*.

Un vieux comédien était si habitué à faire sonner la rime et à cadancer les vers, qu'une fois dans un passage de *Mithridate* :

Quand le sort ennemi m'aurait jeté plus bas,
Vaincu, persécuté.....

Ne se rappelant pas assez tôt le dernier hémistiche du second vers, il ne put s'empêcher, par une certaine habitude, d'y substituer machinalement, *tàti*, *tatou*, *tatas*, sans discontinuer le reste de la tirade, et sans même se déconcerter (1).

La vertu personnifiée devait être un des personnages de l'*abondance*, opéra comique, en un acte, qui fut joué à la Foire St.-Germain, en 1737. Comme on en différait la représentation, on demanda au directeur de l'opéra-comique, ce qui causait ce retard. *C'est*, répondit-il, *que mademoiselle Rosette*,

(1) C'est ce même acteur qui, toute sa vie accoutumé d'aller à la buvette à chaque entr'acte d'une pièce, se trouva un jour si ivre à la fin de la même tragédie, qu'en prononçant le dernier vers :

Venez et recevez l'âme de Miltridate.

Il vomit sa boisson sur *Xipharès* obligé de recevoir les derniers embrassemens dans la pièce.

qui est chargée du rôle de la vertu, vient d'accoucher ; et l'on attend qu'elle soit rétablie. Cette réponse qui se répandit dans le public, fit supprimer le rôle.

En 1766, à une représentation de l'*Avare* de Molière, *Bonneval*, qui faisait ce rôle, y montra une présence d'esprit dont on doit conserver l'anecdote.

Acte 3, scène 7, après le troisième couplet, où Cléanthe insinue d'une manière équivoque son regret que *Marianne* devienne sa belle-mère, au lieu de sa femme, *Harpagon* témoigna sa surprise du compliment, et *Marianne* répond à son tour : Mademoiselle d'*Oligny*, qui faisait ce rôle, étant restée court, et le souffleur n'y étant point, *Bonneval* a repris sur-le-champ au moment où les trois acteurs paraissaient stupéfaits et sur-tout Marianne : *elle ne répond rien ; elle a raison : à sot compliment, point de réponse.* Tout le public connaisseur sentit la finesse de cette réponse ; et l'on applaudit fort l'intelligence de l'acteur.

Feu Caron de Beaumarchais, auteur des *deux Amis*, dénigrait l'opéra devant mademoiselle Arnoux. *Voilà*, disait-il, *une trés-belle salle, mais vous n'aurez personne à votre Zoroastre. — Pardonnez-moi*, reprit-elle, VOS DEUX AMIS *nous en enverront.*

La Veuve du Malabar, par Lemierre, fut jouée pour la première fois en 1770. Elle tomba dans les règles à la cinquième représentation. L'auteur s'en prit à la chaleur du tems et au mauvais jeu des acteurs. Malgré cela, relativement à la dernière circonstance, véritable en elle-même, un plaisant fit l'épigramme suivante.

J'ai vu cette veuve indécise :
Ami, que veux-tu que j'en dise?
Son sort est digne de nos pleurs.
Du bûcher elle est délivrée,
Mais c'est pour être déchirée
Par le public et les acteurs.

Un acteur qui, à l'exception de l'organe et de la prononciation, ne manquait pas d'ailleurs de talens, si l'on en peut supposer avec de pareils défauts, venait de débuter à Paris; quelqu'un ayant demandé à un autre ce qu'il en pensait : *fort bon*, dit-il, *il ne lui manque que la parole*.

L'opéra d'*Arèthuse*, avec ballet, de

Danchet, eut peu de succès. Comme l'auteur et le compositeur, le voyant prêt de retomber, cherchaient divers moyens de le soutenir; « je n'en sache qu'un, dit plaisamment un homme d'esprit qui les écoutait; c'est d'alonger les danses des ballets, et de raccourcir les jupes des actrices ».

Dans la tragédie d'*Argélie* de l'abbé Abeille, une actrice disait à une autre :

Ma sœur, vous souvient-il du feu roi notre
père ?

Celle-ci tardant trop à répondre, un plaisant prit la parole, en déclamant pompeusement ce vers de Jodelet :

Ma foi, s'il m'en souvient, il ne m'en
souvient guère.

Madame *Favart* fut la première qui

observa le costume, et qui osa sacrifier les agrémens de la figure à la vérité des caractères. Dans *Bastienne*, elle mit un habit de serge, tel que les villageoises le portent, une chevelure plate, une simple croix d'or, les bras nuds et des sabots. Cette nouveauté déplût à quelques critiques du parterre. Mais un homme d'esprit, l'abbé de Voisenon, les fit taire en disant : *messieurs, ces sabots donneront des souliers aux comédiens.*

A l'occasion d'*Achille et Dëidamie*, tragédie-opéra, par Danchet et Campra, représentée en 1735, le poète roi, dit assez plaisamment, faisant allusion à l'âge avancé des deux auteurs, poète et musicien : « Achille et Dëidamie ! peste ! ce ne sont pas là des jeux d'enfans » !

Un amateur de spectacle se plaignait un jour de ce que les *acteurs* dirigeaient tout, brouillaient tout, commandaient en despotes dans le spectacle : un homme sensé lui tint ce propos.

« Voulez-vous que ce soit les hommes qui distribuent les roles et règnent sur le théatre ? Nommez les femmes directrices ; car tant que les hommes seront directeurs, ils seront eux-mêmes dirigés par les femmes ».

Mademoiselle Clairon jouait sur le théâtre d'une de nos provinces méridionales, le role d'*Ariane*, dans la tragédie de ce nom. (1) Dans la scène où cette princesse cherche avec sa confidente, quelle peut être sa rivale : à ce vers :

Est-ce Mégiste, Eglé, qui le rend infidèle ?

(1) Tragédie de Thomas Corneille.

L'actrice vit un jeune homme qui, les yeux en pleurs, se penchait vers elle, et lui criait d'une voix étouffée : *c'est Phèdre, c'est Phèdre.*

Eloge bien flatteur pour cette actrice, puisque ce fut la sensibilité elle-même qui l'applaudit.

Un acteur débutant dans le role de *Polieucte*, ſut très-mal reçu du public : quelqu'un s'avisa de crier : *eh! messieurs, vous martyrisez ce pauvre diable avant l'heure. Ma foi, répondit un autre, c'est un prêté rendu ; il nous martyrise aussi doublement lui-même.*

Mademoiselle *Lecouvreur*, célèbre actrice du théatre Français, morte en 1730, déclamait avec beaucoup de noblesse. Un seigneur étranger, la voyant représenter *Elisabeth* dans le

Comte

Comte d'Essex, fut si frappé de la dignité de son jeu, qu'il dit : *J'ai vu une reine parmi des comédiens.*

Un auteur présenta aux comédiens, il y a quelques années, une tragédie d'Achille. Le héros ouvrait la scène, et ses premières paroles étaient :

Quand, ma pique à la main. . . . . :

Les comédiens assemblés pour entendre la lecture de la pièce, se levèrent tous, et prièrent l'auteur d'en rester là.

Un acteur de la comédie Française, qui était des plus médiocres, arrivant à Versailles, une troupe de jeunes seigneurs lui demandèrent : quelles bonnes nouvelles à Paris ? Je n'en sais aucunes, répondit-il ; mais je vous apprendrai que j'ai quitté la comédie. Hé bien, lui répliqua-t-on, n'est-ce pas une ſort bonne nouvelle que celle-là ? nous en sommes ravis.

Un jeune moine déguisé, se trouvant à la représentation de *Childeric*, se dédommagea du silence, qu'il était obligé de garder dans son couvent. Dans une des scènes de la pièce, appercevant un acteur qui venait avec une lettre à la main, et qui tâchait de se faire jour à travers la ſoule qui remplissait le théâtre, il se mit à crier : *place au facteur*. L'éclat de rire qu'il excita coupa tout l'intérêt de cette scène.

Un fait plaisant arriva à la première représentation de cette tragédie. Ce fut à l'occasion d'un vers qui forme à l'oreille un son ſort singulier.

Le voici :

Tenter, est des mortels ; réussir, est des
Dieux.

Ce vers qui a l'air d'une sentence, fut fort applaudi. Un des spectateurs qui, dans ce moment, n'avait pas prêté assez d'attention, demanda à un de ses voisins : quel est donc ce vers qui a donné lieu à ces applaudisssemens ? Je n'ai pas trop bien entendu, répondit l'autre ; mais à vue de pays, je crois qu'on a dit :

Enterrer des mortels, ressusciter des
Dieux (1).

Legrand, auteur et comédien, mais d'une taille courte et d'une figure

(1) Parmi les habitués journaliers qui fréquentent aujourd'hui les spectacles, on en rencontrerait quelques-uns qui commettent de plus grandes balourdises.

ingrate, après avoir joué un grand rôle tragique, où il avait été mal reçu, vint haranguer le parterre, et finit son discours par dire : *au reste, messieurs, il vous est plus aisé de vous accoutumer à ma figure, qu'à moi d'en changer*. Cette franchise le rendit dans la suite moins insupportable aux yeux du public (1).

Cyrano de Bergerac avait eu querelle avec Montfleury le comédien, et lui avait défendu de sa pleine autorité, de monter sur le théâtre. *Je t'interdis*,

---

(1) Le public très-souvent ne sait pourquoi il applaudit ou pourquoi il se fâche ; c'est un enfant qui s'amuse un instant d'un joujou, et qui dans un moment de boutade, le jette au nez de sa nourrice. Vouloir rendre raison des causes qui émeuvent un parterre, ce serait vouloir expliquer les effets par les causes.

lui dit-il, *pour un mois*. A deux jours de là, Bergerac se trouvant à la comédie, Montfleuri parut et vint faire son rôle, à son ordinaire, dans la pièce de *Cloreste*. Bergerac, du milieu du parterre, lui cria de se retirer en le menaçant; et il fallut que Montfleuri, de crainte de pis, se retirât (1).

Francisque étant à Bruxelles, à la tête d'une troupe de comédiens, s'avisa de ce lazzy singulier :

On devait donner les *deux Arlequins*; mais, au moment de commencer, un acteur vint faire des excuses au public, en disant qu'un des deux Arlequins étant tombé malade,

---

(1) C'est de ce même Montfleuri que Bergerac disait, parce qu'il est si gros, qu'on ne pourrait le bâtonner tout entier dans un jour entier, il fait le fier.

le spectacle annoncé ne pouvait pas avoir lieu..... Tout-à-coup on entend du fond d'une loge, une femme qui s'écrie : *c'est bien impertinent de changer ainsi de pièce pour un mauvais rôle, tandis que je suis venue de vingt lieues, avec ma compagnie, pour voir cette représentation* ! et après plusieurs autres propos tout-à-fait plaisans, cette femme finit par offrir de jouer le rôle elle-même.... alors, sans autre façon, elle sort précipitamment de sa place, monte au théâtre, se trouve habillée en moins de deux minutes, et parait sur la scène pour jouer effectivement le rôle d'Arlequin... c'était Arlequin lui-même (1).

---

(1) Pareilles scènes se sont passées depuis chez *Audinot et Nicolet*, où les trois quarts des spectateurs ont été pris pour dupes.

Mademoiselle *Clairon* répondit un jour à un des premiers gentilshommes de la Chambre, qui lui faisait des reproches de ce qu'on avait cessé, au quatrième acte, une tragédie nouvelle généralement huée jusque-là..... *Ma foi, monseigneur*, dit-elle, *je voudrais bien vous voir sifflé pendant quatre actes, pour savoir quelle mine vous feriez au cinquième.*

A la première représentation de *Germanicus*, tragédie de *Pradon*, les spectateurs étonnés de n'avoir vu paraître que des hommes dans les deux premiers actes, se disaient les uns aux autres en riant : voilà une vraie tragédie de collège ; il n'y a point de femmes. Au commencement du troisième, on vit sortir tout-à-la-fois du fond du théâtre, deux princesses et deux confidentes ; et l'on entendit en même-tems dans la salle une voix perçante et gasconne, qui prononça ces paroles : *quatorze de dames, sont-ils bons?* ce qui excita un battement de mains général.

Mithridate, tragédie de la Calprenède, dès sa première représentation tomba le jour des rois ; un rieur du parterre voyant ce prince prendre la coupe empoisonnée, balancer, et se déterminer en disant :

Mais c'est trop différer. . . . . .

acheva le vers en s'écriant :

Le Roi boit, le Roi boit.

On rapporte la même chose de la Marianne de Voltaire.

Au sortir de la première représentation de *Paméla*, comédie de la Chaussée, qui fût largement sifflée, quelqu'un demanda à la porte : comment va Paméla, un plaisant répondit : *elle pâme, hélas !*

Un jour, *Baron*, entrant sur la scène dans le rôle d'Agamemnon, disait d'un ton fort bas ce vers qui commence la pièce :

Oui, c'est Agamemnon, c'est ton roi qui
t'éveille.

On lui cria *plus haut..... si je le disais plus haut, je le dirais plus mal*, répondit-il froidement, et il continua son rôle.

En 1705, quelques jours avant que Baron fit représenter sa comédie des *Adelphes*, M. de Roquelaure lui dit : « Baron, quand veux-tu me montrer la pièce nouvelle ? tu sais que je m'y connais. J'en ai fait fête à trois femmes d'esprit, qui doivent dîner chez moi. Viens dîner avec nous. Apporte les *Adelphes*, et tu nous en feras lecture. Je suis curieux de savoir si tu es moins ennuyeux que Térence ». Baron accepta la proposition, et se rendit le jour suivant à l'hôtel de Roquelaure, où il trouva deux comtesses et une marquise, qui lui témoignèrent une vive impatience d'entendre sa comédie. Cependant quelque envie qu'elles parussent en avoir, elles ne laissèrent pas de se donner tout le tems de dîner à leur aise. Après un repas fort long, les dames demandèrent des cartes : « Comment des cartes, s'écria M. de Roquelaure ! vous n'y pensez pas, mesdames ; vous oubliez que Baron se prépare à vous lire sa comédie nouvelle. Non, non, monsieur, lui répondit un comtesse; nous ne l'oublions point: tandis que nous jouerons, Baron nous lira sa pièce: nous aurons deux plaisirs pour un ». A ces mots l'auteur se leva brusquement, gagna la porte, rompit en visière à la compagnie, et dit que sa pièce n'était point faite pour être lue à des joueuses » (1).

On représenta en 1771, sur le théâtre de l'Opéra, la *Cinquantaine*,

---

(1) Poinsinet a mis cette anecdote en action dans sa comédie du *Cercle*. Le cit. Vigée, éprouva il y a quelques années une mistification plus complète. Il lisait à quelques dames une de ses comédies. Au milieu de la lecture, les auditeurs femelles, gagnées probablement par l'ennui, s'esquivèrent les unes après les autres, et laissérent seul l'auteur dramatique.

pastorale en 3 actes. Les paroles sont de Desfontaines, et la musique de Laborde. Comme cette pastorale n'eût pas de succès, on fit contre elle l'épigramme suivante, qui sans être bien aiguisée par la pointe, est d'une belle simplicité grecque et fait anecdote : il faut savoir que l'auteur de la musique fut un des entreteneurs de mademoiselle Guimard.

Après Rameau paraît Laborde.
Quel compagnon ! miséricorde !
Laissez notre oreille en repos :
De vos talens faites-nous grace ;
De la *Guimard* allez compter les os,
Monsieur d'auteur, on vous le passe.

A la première représentation de *l'Esprit de Divorce*, comédie en un acte, de Morand, quelques personnes se plaignirent qu'il y avait un caractère de belle-mère belle-mère hors de toute vraisemblance. Cela étant venu aux oreilles de l'auteur, il ne prit conseil que de l'inquiétude personnelle, et s'avançant sur le bord du théâtre, il dit :

« Messieurs, on trouve que le principal caractère de ma pièce n'est » point dans la vraisemblance qu'exige » le théâtre. Tout ce que je puis avoir » l'honneur de vous assurer, c'est qu'il » m'a fallu beaucoup diminuer de la » vérité pour le rendre tel que je l'ai » représenté ».

Jusque-là il n'y avait point de mal ; mais à l'annonce de *l'Esprit de divorce*, quelqu'un cria, dans le parterre : *Avec le compliment de l'auteur*. Celui-ci se crut insulté ; et ne consultant que sa vivacité provençale, il jeta son chapeau au milieu du parterre, en disant : *Celui qui veut voir l'auteur n'a qu'à lui rapporter son chapeau.* Personne ne fut assez curieux pour cela. Un plaisant se contenta de répondre, que : *Puisqu'il avait perdu la tête, il n'avait pas besoin de chapeau.*

La maréchale de Luxembourg ayant ouï dire que la *Marianne* de Voltaire, qu'il venait de retoucher, était meilleure sous sa première forme, en demanda une seconde lecture à son auteur qui était de cet avis. Quand il en fut aux fureurs d'*Hérode*, après avoir empoisonué *Marianne*, il appuya beaucoup sur ce vers que dit le prince, en l'exhortant à vivre :

Vis pour toi ! vis pour moi ! vis pour nos chers enfans !. . . . .

Le poète exhala si pathétiquement cette exclamation, que la maréchale attendrie se mit à pleurer : *Ne vous effrayez pas, madame*, lui dit le prêtre Macarty, *il y en aura pour tout le monde.*

La première représentation d'*Artaxercès*, de Lemière, donnée en 1766, donna lieu à la plaisanterie suivante. La pièce s'ouvre par un ministre qui tient encore l'épée de son maître teinte de son propre sang : ce qui fit dire à un plaisant du parterre : *Cette pièce n'est pas échaffaudée sur la pointe d'un aiguille, mais sur celle d'une épée.* En effet, cet instrument forme toute l'intrigue de la tragédie.

Un fat ignorant, qui assistait à la première représentation de *Venise sauvée*, tragédie de la Place, demanda de la meilleure foi du monde à l'un de ses voisins : *Quand est-ce que Venise arrivera donc?....*

Une jeune actrice fort jolie, de l'opéra-comique, avait à chanter dans son rôle ce couplet :

Un petit moment plus tard
Si ma mère fut venue,
Un petit moment plus tard
J'étais, j'étais perdue.

Mais aux répétitions, ayant coutume de substituer par plaisanterie, au dernier mot, une rime un peu trop grenadière, la force de l'habitude lui fit prononcer ce malheureux terme, le jour de la représentation. Ce fut un coup de théâtre général ; les uns huaient, les autres applaudissaient, plusieurs dames sortirent précipitamment de leurs loges ; d'autres, en restant, faisaient des contorsions ridicules, et tous les jeunes jens criaient *bis! bis!* L'actrice seule était de sang froid, et paraissait même étonnée qu'on fit tant de bruit pour si peu de chose. Cependant un exempt vint la prier très-poliment de le suivre à Saint-Martin, où elle fut joyeusement escortée par une partie des spectateurs.

Lorsque Dancourt donnait une comédie nouvelle au public, si elle ne réussissait point, il avait coutume, pour s'en consoler, d'aller souper avec deux ou trois de ses amis, chez *Cheret*, à la Cornemuse. Un matin, après la répétition des *Agioteurs*, qui devait être représentée le soir pour la première fois, il s'avisa de demander à une de ses filles qui n'avait pas dix ans, ce qu'elle pensait de la pièce? *Ah! mon gros papa*, lui dit-elle, *vous pouvez aller souper ce soir chez Chéret.*

Le plaisir qui, dans une femme de théâtre, fait naître les talens, les détruit bientôt. Il en est de même d'une comédienne galante, comme d'un recueil d'historiettes ; on se l'envoie, on se le prête, on s'en amuse un moment. A la fin, le livre se délabre, il ne reste aux curieux que l'*errata*.

L'opéra d'*Alcide*, par Campistron, fut sifflé et resifflé. Ce qui donna lieu au quatrain suivant :

A force de forger on devient forgeron :
Il n'en est pas ainsi du pauvre Campastron :
Au lieu d'avancer il recule :
Voyez *Hercule*.

Le petit opéra de la *Guirlande*, de Marmontel, est ingénieux. Cependant il fut toujours mal accueilli du public.

En 1751, qu'on le jouait, ce poète eut occasion de prendre un fiacre : c'était un jour d'opéra. Son chemin était de passer devant le cul-de-sac ; il dit : *Cocher* (craignant l'embarras), *évite le palais Royal.* — *Ne craignez rien, monsieur*, reprit le rustre ingénu, *il n'y a pas trop de tumulte, on donne aujourd'hui la Guirlande.*

Feu *Clairval*, acteur de la comédie Italienne, vécut long-tems avec madame de Stainville. Son mari, indigné de cette intrigue, ayant obtenu un ordre du roi, fit enlever sa femme, et la conduisit à Nancy.

A propos de cette anecdote, on cite le bon mot de Caillaud, camarade de Clairval. Ce dernier consultait l'autre sur ce qu'il devait faire : « Monsieur de » Stainville, lui disait-il, me menace

» de cent coups de bâton, si je vais » chez sa femme. Madame m'en offre » deux cents si je ne me rends pas » à ses ordres. Que faire ? — Obéir à » la femme, répondit Caillaud, il y » a cent pour cent à gagner ».

Le spectacle de l'*Ambigu comique* venait d'être transporté dans la salle des Variétés, sur le boulevard, on jouait *la Matinée du comédien*; et dans une scène où les deux personnages doivent s'asseoir, il ne se trouva qu'une chaise sur le théâtre. Talon eut la présence d'esprit de dire à son interlocuteur, en lui présentant sa chaise : « Excusez; nous ne faisons que d'emménager ».

Alceste, tragédie, opéra de Quinault et Lully, fut représenté pour la première fois en 1674. On le reprit du tems du systême. *Caron*, qui y joue un grand rôle, demandait à une ame le tribut du passage; comme elle n'avait point d'argent, quelqu'un du parterre cria : *Jetez-lui des billets de banque.*

Un postulant au théâtre, qui, dans toute une tragédie, n'était chargé que de cet hémistiche,

C'en est fait, il est mort,

dit :

C'en est mort, il est fait.

Un autre dont le rôle se réduisait à ces deux mots :

Sonnez, trompettes :

s'en vint dire :

Trompez, sonnettes.

Un autre encore, au lieu de dire :

Madame, voilà une lettre qui presse; s'écria : *Ah! mon Dieu! que de chandelles!*

Un autre devait dire : *Arrête, lâche, arrête;* il prononça si brièvement, que tout le monde entendit : *Arrête la charette.*

On pourrait multiplier les exemples de ces sortes d'inversions, qui ne prouvent nullement l'ignorance, mais bien un *lapsus lingua* dont on n'est pas toujours maître; mais on craindrait d'ennuyer, car souvent *bis repetita nocent.*

Dans une des villes méridionales de la France, certain chanteur, détestable de tout point, mais engagé avec cette clause ridicule, en chef et sans partage, fut vainement sollicité par son directeur de se départir de ses droits en faveur d'un chanteur en second, moins mauvais que lui. Un jour que le public lui marquait son mécontentement d'une manière plus énergique qu'à l'ordinaire, il s'avança effrontément sur le bord de la scène, et dit : « Messieurs, je suis honnête » homme ; on me paye pour chanter, » je chante et je chanterai ». Ou en jargon provençal, *my pagoun per canta, io canti è cantarui*. On trouva ce genre deprobité tout aussi opiniâtre qu'original.

A la première représentation du *Gentilhomme guespin*, comédie de Visé, des seigneurs qui aimaient cet auteur, riaient avec lui, sur le théâtre, des beaux endroits de la pièce : le parterre, qui n'était pas affecté de même, siffla beaucoup : le sifflet dérangeait la pièce, lorsqu'un rieur s'avança et dit :

« Si vous n'êtes pas contens, on vous » rendra votre argent à la porte ; mais » ne nous empêchez pas d'entendre des » choses qui nous font plaisir ». Un des beaux esprits dont le parterre abonde ordinairement, lui cria ce vers :

Prince, n'avez-vous rien à nous dire de plus ?

Un autre répondit pour lui :

Non : d'en avoir tant dit, il est même confus.

Mademoiselle de la Guerre, actrice de l'opéra, se livrait volontiers aux plaisirs de la table et de la boisson. Jouant un jour le rôle d'*Iphigénie* en Tauride, un plaisant du parterre feignit d'ignorer quel personnage elle représentait : « Mais c'est Iphigénie en » Tauride, lui dit un de ses voisins ». » — Dites donc Iphigénie en Cham» pagne ».

Un

Un quidam du parterre prenant beaucoup de plaisir à la représentation d'une Pantomime de *Nicolet*, dit à son voisin : *C'est comme à l'opéra. — Oh ! c'est bien pis*, dit l'autre, en feignant de ne pas entendre sa pensée, *c'est bien pis* (1).

---

(1) Comme une anecdote en appelle presque toujours une autre, nous citerons la suivante qui n'est pas à coup sûr moderne.

« Rome sensible aux beautés de l'art que déployèrent à ses yeux les plus excellens *Pantomimes*, n'en était que plus sévère pour ceux qui se montraient inférieurs au tableau qu'ils voulaient peindre ».

Un *Pantomime* qui, à la fin du rôle d'*Œdipe*, était sensé s'être crevé les yeux, manqua de mettre dans ses mouvemens le caractère de sa situation. *Tu vois encore*, lui crièrent les plaisans du parterre : et l'acteur sifflé n'osa plus reparaître.

Mademoiselle Arnoult étant venue à une des représentations de *Guillaume Tell*, tragédie de Lemierre, et n'y voyant presque personne, dit à quelqu'un qui l'accompagnoit : « On dit ordinairement : point d'argent, point » de Suisse ; mais ici, il y a plus de » Suisses que d'argent ».

On lit dans *le Méchant*, comédie de Gresset, ce vers qui fait anecdote, par l'imitation parodiée à laquelle il donna lieu :

La faute en est aux Dieux qui la firent si bête.

Un jour qu'on représentait cette comédie, madame de Forcalquier arriva dans sa loge. Le parterre, charmé de sa beauté, battit des mains pour y applandir. « Eh ! paix, messieurs, dit

» quelqu'un, convient-il d'interrom-
» pre ainsi la comédie ? » Un autre répliqua tout haut :

La faute en est aux Dieux qui la firent si belle.

Persée cuisinier, comédie donnée aux Italiens, en 1683, était une raillerie sur Dumesnil, grand acteur de l'Opéra, qui avait passé de la cuisine de M. Foucault, intendant de Montauban, au théâtre de l'Académie Royale de Musique. On raconte que ayant joué le rôle de *Phaéton* avec le plus grand succès dans l'opéra de ce nom, quelqu'un s'écria du parterre, en parodiant ces paroles : *Que n'aimez-vous, cœurs insensibles, etc.*

Ah ! Phaëton ! est-il possible
Que vous ayez fait du bouillon !

Un des principaux acteurs de la comédie Française s'arrêta *court* dans une tragédie, à ce passage :

J'étais dans Rome alors. . . . .

qu'il eut beau recommencer deux ou trois fois sans pouvoir ratrapper le fil du rôle. A la fin, voyant qu'il n'y avait pas moyen d'en sortir, et que le souffleur, distrait ou déconcerté, le laissait là aussi maladroitement, il fixa celui-ci d'un œil de sang froid, en lui disant avec un ton de dignité : *Hé bien, monsieur !...... que faisais-je dans Rome ?*

Voltaire faisant jouer aux Délices, près de Genève, son *Orphelin de la Chine*, avant qu'il parut à Paris, le président de Montesquieu qui était spectateur, s'endormit profondément. Voltaire lui jetta son chapeau à la

tête, en disant : « Il croit être à l'au-
» dience ». — « Non, mais au sermon,
» répondit Montesquieu, en se réveil-
» lant (1) ».

Jadis on ne sifflait pas à la comédie. Le parterre bénévole se contentait simplement de bailler et de s'endormir. L'invention du sifflet fut trouvée en 1680, à la première représentation de l'*Aspar*, tragédie de Fontenelle. C'est ce que nous apprend le poète Roi, dans le Brevet de la Calotte, lorsqu'il dit en parlant de Fontenelle :

Auteur d'*Aspar*, œuvre immortelle,
Par le *sifflet* qui sortit d'elle.

---

(1) Tous ceux qui ont rapporté cette anecdote, n'ont point parlé de la réponse de Montesquieu. Nous la tenons de l'un des intimes amis de l'auteur de *l'Esprit des lois*.

Et cette épigramme de Racine :

Ces jours passés, chez un vieil Histrion,
Un chroniqueur émut la question,
Quand à Paris commença la méthode
De ces sifflets qui sont tant à la mode.
Ce fût, dit l'un, aux pièces de Boyer.
Gens, pour Pradon, voulurent parier ;
Non, dit l'acteur, je sais toute l'histoire,
Qu'en peu de mots, je vais vous débrouiller ;
Boyer apprit au parterre à bâiller ;
Quand à Pradon, si j'ai bonne mémoire,
Pomines sur lui volèrent largement ;
Mais quand sifflets prirent commencement,
C'est, (j'y jouois, j'en suis témoin fidèle),
C'est à l'*Aspar* du sieur de Fontenelle.

Brioché, parodie de Pigmalion, représentée au théâtre Italien, en 1753, n'eut aucun succès. Quelqu'un demanda à l'auteur pourquoi il l'avait risquée au théâtre. « Il y a si long- » tems, répondit-il, que tout Paris » m'ennuie en détail, que j'ai saisi

» cette occasion pour rassembler tout » le monde, et prendre ma revanche » en gros ».

Vestris le père, grand danseur de l'Opéra, a dit de la meilleure foi du monde : « Je ne connais aujourd'hui, » en Europe, que trois hommes uni- » ques dans leur espèce, le roi de » Prusse, Voltaire et moi (1) ».

(1) Tous les jours on entend répéter par la multitude que le fils de Vestris est le meilleur danseur de l'Opéra. Les fins connaisseurs ne sont pas tout-à-fait de cette opinion, et plusieurs reprochent à ce célèbre danseur de s'évertuer plutôt à pirouetter et à faire des tours de force qu'à danser ; on l'a dit, répété et imprimé plus de mille fois ; mais comme il est convenu généralement parmi les gens riches que Vestris est le premier des danseurs passés, présens et à venir, la multitude qui suit toujours l'impulsion de

Lorsque Baron remonta sur le théâtre, la scène était livrée à des déclamateurs boursoufflés, qui mugissaient des vers au lieu de les réciter. Il débuta par le rôle de *Cinna*. Sa démarche noble, simple, majestueuse, ne fut point goûtée d'un public accoutumé à la fougue des acteurs du tems; mais lorsque, dans le tableau de la conjuration, il vint à ces beaux vers:

> Vous eussiez vu leurs yeux s'enflammer de fureur;

---

ceux qui les dominent, est aussi convenue de le regarder comme tel. Quoiqu'il en soit au goût du petit nombre, qui est toujours plus éclairé que la foule, la danse de Gardel doit être regardée comme la plus gracieuse et la plus aimable. On criera au paradoxe; laissons crier; l'engouement passe, et la vérité seule reste.

Et dans le même instant, par un effet
contraire,
Leurs fronts pâlir d'horreur et rougir de
colère.

Il pâlit et rougit si rapidement, que le feu et la vérité de son jeu lui concilièrent tous les suffrages.

On a fait beaucoup de caricatures de l'opéra; mais parmi ces caricatures, comme dit Martial de ses épigrammes;

Sunt bona, sunt quædam mediocria, plurima mala.

En voici une des meilleures :

J'ai vu des guerriers en alarmes,
Les bras croisés, et le corps droit,
Crier plus de cent fois aux armes,
Et ne point sortir de l'endroit.

J'ai vu Mars descendre en cadence :
J'ai vu des vols prompts et subtils;
J'ai vu la justice en balance,
Et qui ne tenait qu'à deux fils.

J'ai vu le soleil et la lune
Qui faisaient des discours en l'air ;
J'ai vu le terrible Neptune,
Sortir tout frisé de la mer.

J'ai vu l'aimable Cythérée,
Aux doux regards, au teint fleuri,
Dans une machine entourée
D'amours natifs de Chambéry.

J'ai vu le maître du tonnerre,
Attentif au coup de sifflet,
Pour lancer ses feux sur la terre,
Attendre l'ordre d'un valet.

J'ai vu, du ténébreux empire,
Accourir avec un pétard
Cinquante lutins pour détruire
Un palais de papier brouillard.

J'ai vu des dragons fort traitables,
Montrer les dents sans offenser :
J'ai vu des poignards admirables
Tuer les gens sans les blesser.

J'ai vu l'amant d'une bergère,
Lorsqu'elle dormait dans un bois,

Prescrire aux oiseaux de se taire,
Et lui chanter à pleine voix.

J'ai vu la vertu dans un temple,
Avec deux couches de carmin,
En son vertugadin très-ample,
Moraliser le genre humain.

J'ai vu, ce qu'on ne pourra croire,
Des tritons, animaux marins,
Pour danser, troquer leurs nageoires,
Contre une paire d'escarpins.

J'ai vu Mercure, en ses quatre aîles,
Trouvant trop peu de sûreté,
Prendre encor de bonnes ficelles
Pour voiturer sa déité.

J'ai vu souvent une furie
Qui s'humanisait volontiers :
J'ai vu des faiseurs de magie
Qui n'étaient pas de grands sorciers.

J'ai vu des ombres très-palpables,
Se trémousser aux bords du stix :
J'ai vu l'Enfer et tous les diables
A quinze pieds du Paradis.

J'ai vu Diane en exercice
Courir le cerf avec ardeur :
J'ai vu derrière la coulise,
Le gibier courir le chasseur.

J'ai vu trotter, d'un air ingambe,
De grands démons à cheveux bruns ;
J'ai vu des morts friser la jambe,
Comme s'ils n'étaient pas défunts.

Dans des chaconnes et gavottes,
J'ai vu des fleuves sautillans :
J'ai vu danser deux matelottes,
Trois jeux, six plaisirs, deux Vénus.

Dans le char de monsieur son père,
J'ai vu Phaëton tout tremblant,
Mettre en cendres la terre entière,
Avec des rayons de fer blanc.

J'ai vu Roland, dans sa colère,
Employer l'effort de son bras,
Pour pouvoir arracher de terre,
Des arbres qui n'y tenaient pas.

J'ai vu des gens à l'agonie,
Qu'au lieu de mettre entre deux draps,

Pour

Pour trépasser en compagnie,
L'on attendait sous les deux bras.

J'ai vu par un destin bizarre,
Les héros de ce pays-là
Se désespérer en bécarre
Et rendre l'ame en la mi la (1).

Un comédien dit un jour à un officier qui cherchait à l'humilier: «Avec

(1) L'opéra est peut-être le spectacle le plus extraordinaire et le plus invraisemblable qui ait jamais existé ; cependant on a voulu établir des règles pour un genre de spectacle qui choque tout-à-la-fois celles de l'esprit et du jugement. Etrange contradiction de l'esprit humain qui se plait à vouloir unir les choses les plus discordantes ! Quelques philosophes ont voulu rendre raison de ces contradictions, et ils se sont contredits eux-mêmes.

O cæcas mentes ! quantum est in rebus inane !

quatre aunes de drap, le Roi peut faire en deux minutes un homme comme vous ; et il faut un effort de la nature, et vingt ans de travail, pour faire un homme comme moi ».

Le *Déserteur*, comédie en 3 actes, mêlée d'ariettes, de Sédaine, représentée en 1769, eut du succès, malgré sa mauvaise contexture et sa défectuosité. Un plaisant fit courir contre lui l'épigramme suivante, lorsqu'il fut imprimé.

D'avoir hanté la comédie,
Un pénitent en bon chrétien,
S'accusait, et promettait bien
De n'y retourner de sa vie.
Voyons, lui dit le confesseur :
C'est le plaisir qui fait l'offense.
Que donne-t-on ?.... *le Déserteur*....
Vous le lirez pour pénitence.

On a dit d'une actrice qui était assez

bonne, mais fort laide : « On a beau l'applaudir, elle fait toujours mauvaise mine ».

En 1694, les cafés commencèrent à s'établir à Paris, et à y devenir à la mode. On conseilla à J.-B. Rousseau de faire une comédie qui renfermât à-peu-près les aventures qui s'y passent : il céda à leurs importunités, mais il n'eut pas lieu de s'en applaudir. Sa pièce eut fort peu de succès, et l'on fit contre elle et contre son auteur l'épigramme qui suit :

Le café, d'un commun accord,
Reçoit enfin son passe-port:
Avez-vous trop mangé la veille,
Ou trop pris du jus de la treille?
Au matin prenez-le un peu fort.
Il chasse tout mauvais rapport;
De l'esprit il meut le ressort;

En un mot on sait qu'il réveille.
Il ressusciterait un mort ;
Et sur son sujet, sans effort,
Rousseau pouvait charmer l'oreille ;
Au lieu qu'à sa pièce on sommeille,
Et que chez lui seul il endort.

Dans la Métromanie, *Lisette* ouvre la scène, un rôle à la main avec le valet à qui elle dit :

Témoin ce rôle encor qu'il faut que j'étudie.

Une actrice se trouva arrêtée court, à la seconde scène du deuxième acte, tant par les diverses corrections dont sa mémoire était embrouillée que par l'incapacité du souffleur. Tellement qu'après ce vers,

Et je prétends si bien représenter l'idole.....

La soubrette sentant que la mémoire lui manquait, et qu'elle ne pouvait pas aller plus loin, y suppléa tout de suite, par le hasard le plus singulier, en s'avisant de dire :

Mais..... j'aurai plutôt fait de regarder mon rôle.

Alors elle le tira tout naturellement de sa poche, tel qu'elle l'avait montré dès la première scène, et c'était en effet celui de la pièce même. Ensuite s'étant remise tranquillement, elle continua sans se démonter, comme si ce n'eut été qu'un simple jeu de théâtre.

On sait que *Volange* excellait dans les rôles de Jeannot. Le marquis de Brancas, ayant voulu en régaler ses convives à un grand souper, l'avait invité à venir ; on avertit le maître qu'il est arrivé, il va le prendre, l'amène à l'assemblée et dit : « Mesdames, voilà Jeannot que j'ai l'honneur de vous présenter ».—M. le marquis, dit cet acteur. J'étais Jeannot aux boulevards, mais je suis à présent M. Volange. — Soit, répond le marquis ; mais comme nous ne voulions que Jeannot, qu'on mette à la porte M. Volange (1).

Dans la comédie de la *Force du Naturel*, de Destouches, un des acteurs dit, en faisant l'éloge de la jeune fille que représentait mademoiselle Gaussin :

..... C'est un pauvre mouton :
Je crois que de sa vie elle ne dira non.

Ce trait fit sourire tout le monde qui se rappella ce mot de cette tendre

---

(1) Le fait se passa en 1780.

et naïve actrice : « cela leur fait, dit-elle, tant de plaisir ; et à moi si peu de peine »!

Un acteur comique se plaignait de ce qu'on avait perdu cet ancien comique, si bon, si gai, si utile, et de ce qu'on avait accrédité un genre froid, doctoral, et rempli de pantomimes puériles ; où l'on veut tout faire voir, la boutique d'un charpentier, un valet qui mouche des chandelles, ou qui éteint des bougies, etc. On ne lui faisait qu'une réponse : *tout cela est dans la nature* : Morbleu ! dit-il ; *mon C... est dans la nature*, et *si je porte des culottes*. Mot plein de naïveté et de philosophie (1).

---

(1) La réponse de ce comédien est pleine de sens, et peut s'appliquer aujourd'hui encore plus particulièrement aux théâtres du

C'est dans le *Jaloux* de Beauchamps, représentée au théâtre Italien en décembre 1723, qu'on trouve ce joli couplet, qu'à-coup-sûr le meilleur poète érotique ne désavoueroit pas :

Autrefois on ne payoit pas,
Mais il falloit aimer pour plaire ;
Il en coûtoit trop d'embarras,
Trop de façons et de mystère ;
Nous avons changé cet abus,
Nous payons, et nous n'aimons plus.

Legrand, fameux comédien français, se promenant avec un de ses camarades, un mandiant les aborda, et leur tendit son chapeau ; *Legrand* lui

---

second ordre, où l'on se plait tellement à copier la nature, que ça commence à en venir dégoûtant. Quelques acteurs même prétendent que toutes ces niaiseries sont du comique de situation. Plaisant comique.

fit la charité. Aussitôt le pauvre récita un *Deprofundis* : «Ecoute donc, l'ami, lui dit le comédien, me prends-tu pour un trépassé ? Au lieu d'entonner un *De profundis*, chante plutôt un *Domine salvum fac regem*, car je fais les rois ».

La comédie des *deux Talens*, par Bastide et le chevalier d'Herbain, fut représentée aux Italiens en 1763. Elle fut mal accueillie, on lança contre elle l'épigramme suivante :

Quelle musique plus aride !
Et quel poème plus commun !
Pauvre d'*Herbain* ! pauvre *Bastide* !
Vos deux talens n'en font pas un.

La mémoire ayant fait faux bon à un de ces débutans effrontés (non seulement qui ne doutent de rien, mais qui ne veulent pas même avoir l'air de jamais manquer) il prit le parti de faire taire tout bonnement le souffleur, en lui disant à haute voix : *paix, taisez-vous, laissez-moi rêver un peu seulement.* . . . . A la fin voyant que rien ne venait : *mon dieu !* s'écria-t-il, en frappant du pied, *je le savais si bien ce matin !*

Un auteur venait de voir tomber sa pièce en plein théâtre. Remis un peu de cette chûte, il alla voir l'actrice qui avait été chargée du principal rôle ; il lui dit, dans l'espérance d'en obtenir quelques mots de consolation, que le public n'était pas toujours juste ; que ses amis d'ailleurs avaient eu tort de l'avoir pressé, et que la poire n'était point encore mûre..... *Oh ! mûre ou non*, reprit l'actrice, *elle est pourtant d'abord tombée.*

A l'occasion de la *Nymphe* des

Thuileries, petit opéra par l'Affichard, on fit courir ces deux vers :

Quand l'afficheur afficha Laffichard,
L'afficheur afficha le poète sans art (1).

A l'une des répétitions de l'*Oracle*, comédie de Saint-Foix, là une actrice jouant la fée sur le ton d'une harangère, l'auteur lui arracha la baguette qu'elle tenait dans sa main, et lui dit : « J'ai besoin d'une fée, et non d'une sorcière ». L'actrice voulut insister et crier ; mais de Saint-Foix lui répondit :

---

(1) Comme le siècle actuel est celui des calembourgs, on se serait cru répréhensible de dérober celui-ci aux amateurs. Ce n'est pas qu'on en trouve un bon nombre dans les vaudevilles et pièces de théâtre rue de Malthe et de la Montensier ; *mais ce qui abonde ne vicie pas.*

« Vous n'avez pas de voix ici : nous sommes au théâtre et non pas au *sabat* ».

Dans la comédie intitulée la *Revue des théâtres*, donnée aux Italiens en 1735, l'auteur introduisait une danseuse de l'Opéra. Elle arriva précisément dans un moment où la pièce chancelait. La critique voyant cette fille débuter par des entrechats, lui demande :

Quel motif en ces lieux vous fait porter vos pas ?

La danseuse répond :

Je viens tirer un auteur d'embarras.

Ma foi il est tems, répartit quelqu'un. Le parterre se mit à rire et la pièce tomba complètement.

A la

A la première représentation de *Tom Jones*, par Poinsinet, il y avait dans le parterre deux hommes, dont l'un disait à l'autre : *couperai-je ? couperai-je ?* Ce propos les rendit suspects ; on les arrêta, et ils allaient être traités comme des voleurs : « Quel mal avons-nous fait, s'écria l'un d'eux ; nous sommes tailleurs, et c'est moi qui ai l'honneur d'habiller M. *Poinsinet*, l'auteur de la pièce nouvelle. Comme je dois lui fournir un habit pour paraître devant le public, qui ne manquera pas de le demander à la seconde représentation, et que je connais peu le mérite des ouvrages de théâtre, j'ai amené avec moi mon premier garçon, qui a beaucoup d'esprit, car c'est lui qui fait tous mes mémoires, et je lui demandais de tems en tems s'il me conseillait d'aller couper l'habit en question ; qui devait m'être payé sur le produit des représentations de cette comédie ».

Un comédien faisait en compagnie le mauvais plaisant vis-à-vis une jolie femme. Celle-ci piquée au vif, lui répondit assez sèchement : « Un tel, je n'ai pas le tems de vous répondre à présent : quand j'irai à la comédie, je verrai si vous méritez mes applaudissemens ».

Il est naturel de se laisser séduire par le prestige de l'illusion, et de ne juger les choses que sur la superficie. Plus d'un domestique, à la comédie, a souvent voulu quitter son maître ou sa maîtresse, pour l'avoir apperçu la première fois au théâtre, sous un personnage de vil condition.

On a vu la femme-de-chambre d'une

actrice jouant les soubrettes, n'avoir pu demeurer avec celle-ci deux jours de suite, sans lui demander son congé sous le même prétexte, *ayant trop de cœur*, disait-elle, *pour servir une servante comme elle.*

Un nommé Parisot, directeur des élèves de l'Opéra, auteur et acteur, avait un ordre de début pour les Italiens. Lorsqu'il se présenta à l'assemblée pour se faire agréer des comédiens, l'acteur *Michu* témoigna de l'humeur et s'écria : « Je crois qu'on veut nous infecter de tous les farceurs des boulevards ». Volange, présent, humilié de la réflexion, lui dit : *Monsieur Michu*, si je ne *respectais votre sexe*, *vous auriez affaire à moi* (1).

---

(1) Michu a la réputation d'un b..... Cette scène se passa en 1780.

Dans *Sancho Pança*, comédie en trois actes, de Dufréni, le duc dit au troisième acte : « Je commence à être » las de Sancho; et moi aussi, s'é» cria un homme du parterre. » Ce mot arrêta la pièce.

Le lendemain de la chûte de la *Bagarre*, comédie de Poinsinet, on fit paraître sur le théâtre de la foire, un âne dont on vantait la gentillesse et surtout la netteté. Au milieu de ces éloges, l'animal fit quelques malpropretés; et aussitôt toute la salle retentit de ces mots : *Point si net*, *Point si net* (1).

L'Eugénie du Beaumarchais n'eut pas beaucoup de succès au théâtre. Les

(1) Encore un calembourg ! *ça coûte si peu et ça fait tant de plaisir* !

mémoires plaisans de cet auteur pour son procès avec madame Goëtzman, donnèrent lieu aux vers suivans :

> Cher Beaumarchais, sur tes écrits,
> En deux mots, voici mon avis :
> Donne au palais ton Eugénie,
> Tes factums à la comédie.

L'auteur d'une tragédie vient lire sa pièce à madame de Lambert. La pièce commençait par une princesse qui disait :

> De l'Arabie enfin en ces lieux arrivée....

Madame de Lambert interrompit l'auteur par cet impromptu :

> Princesse, asséyez-vous ; vous êtes fatiguée.

Cette plaisanterie fit changer ce premier vers.

Un paysan fut un jour entraîné au

spectacle. C'était pour la première fois qu'il y allait, et l'on donnait une tragédie. Il écouta le commencement de la pièce avec attention ; ensuite voyant que l'on parlait fort haut, et qu'on faisait de grands gestes, il dit à ceux qui étaient à côté de lui : *ces gens-là sans doute parlent de leurs affaires ; mais comme elles ne me regardent pas, je n'ai pas envie de les écouter davantage* ; en effet il ne prit plus garde à rien (1).

La femme de Vanhove débuta en

(1) Que de gens qui tous les jours vont au spectacle, pourraient faire la même réponse que ce paysan ! Il est vrai de dire aussi que plusieurs en ont l'esprit quoiqu'ils portent le frac du petit maître ! Ce qu'il y a de plus plaisant encore, c'est que ces messieurs font les connaisseurs.

1780 dans le rôle de Phèdre ; elle y échoua. Ses partisans l'excusèrent et lui trouvèrent de l'intelligence, des entrailles, un début raisonné dans les morceaux tranquilles, et le don des pleurs dans ceux où il en faut répandre. Ils attribuèrent au tumulte et aux mauvaises dispositions d'une cabale animée contre elle les huées qu'elle éprouva. Cependant elle ne perdit pas la tête, et dans la sixième scène du quatrième acte où se trouve cette apostrophe à *Minos* :

Pardonne ! un Dieu cruel a perdu ta famille :
Reconnais sa vengeance aux fureurs de sa fille :

Elle a osé dire :

Reconnais sa vengeance aux fureurs du parterre.

Ce témoignage de la sensibilité, qui

aurait pu passer pour une imprudence punissable, était un coup de porté ; il réussit, et de nombreux applaudissemens l'encouragèrent et humilièrent ses détracteurs.

On demandait à une jeune pensionnaire du Val de-Grâce, qu'on avait menée pour la première fois au spectacle, avant que de la mettre au couvent, si elle voulait se faire religieuse : *Oh ! non*, répondit-elle, *j'aime mieux être comédienne, c'est bien plus joli.*

Quel genre de mort préféreriez-vous, si vous en aviez le choix, dit-on un jour à CARLIN? *Je voudrais mourir de rire*, répondit-il.

La douce mort que souhaitait ce comédien célèbre, on pensait la sentir toutes les fois qu'il jouait, principalement dans la pièce des *deux Jumeaux de Bergame*, par *Florian*.

Une banqueroute enleva à ce grand arlequin cinquante mille livres : *En vérité*, s'écria-t-il, en apprenant cet évènement, *je crois qu'il n'y a que moi de parfaitement honnête homme.*

On lui fit à sa mort l'épitaphe suivante :

De *Carlin* pour peindre le sort,
Très-peu de mots doivent suffire :
Toute sa vie il a fait rire,
Il a fait pleurer à sa mort.

Comment, dit un régent à son écolier, *vous bâillez tandis que j'explique ! C'est pure malice. Oh ! non, Monsieur*, répondit l'enfant, *je bâille si naturellement !*

C'est aussi sans malice que le public

a bâillé en voyant *Pinto*, etc. C'est à ce drame qu'on peut appliquer, avec raison, ce vers de Virgile :

Monstrum horrendum informe ingens cui lumen
ademptum !

Un jeune auteur disait à son ami : « Que vous êtes heureux ! c'est au- » jourd'hui qu'on joue votre pièce ». *Le bonheur n'est pas bien grand*, répondit-il, *quand il ne passe pas la journée.*

Persée, opéra de Quinault, fut corrigé et mutilé en 1780, par Marmontel, pour être remis au théâtre. Parmi les épigrammes qu'on lança contre cette profanation outrageante, on remarque la suivante :

Quinault, par la douceur de ses aimables
vers,

Suspendait le tourment des ombres malheureuses ;
Cherchons pour l'en punir des peines rigoureuses,
S'écria le Dieu des enfers !
Il invente aussitôt le mal le plus horrible,
Dont au Tartare même on se fut avisé ;
Je veux faire, dit-il, un exemple terrible,
J'ordonne que Quinault soit *Marmontalisé* (1).

La *Judith* de l'abbé Boyer occupa la scène pendant tout un carême. L'auteur se hâta de la faire imprimer, si bien qu'elle parut dans la quinzaine de

(1) Jamais auteur n'a plus été hué, vilipandé, épigrammatisé que l'auteur *des Contes moraux*. On ferait un volume entier des pièces de vers, quatrains, épigrammes, parodies, dont il fut continuellement pendant sa vie le plastron. Si quelqu'un pensait lui disputer la prééminence, ça ne doit *être que la Harpe*.

Pâques, et sifflée à la Quasimodo, c'est-à-dire à la rentrée. Mademoiselle de Champmêlé faisait le rôle de *Judith*. Etonnée d'entendre une pareille symphonie, elle dont les oreilles étaient accoutumées aux applaudissemens, elle apostropha le parterre en ces termes : « Messieurs, nous sommes » assez surpris que vous receviez si » mal aujourd'hui une pièce, que vous » avez applaudie pendant le carême ». Dans le moment on entendit une voix qui prononça ces paroles : « Les sifflets étaient à Versailles, aux sermons de l'abbé Boileau. »

La tragédie de *Mariamne*, par Voltaire, n'eut d'abord qu'une représentation. On prétend que le public se trouvant partagé sur le mérite de l'ouvrage, le procès fut jugé singulièrement.

ment. Il est d'usage qu'après une tragédie, on donne une petite comédie, on joua, ce jour-là, *le Deuil*. Aussitôt quelqu'un du parterre s'écria : *c'est le deuil de la pièce nouvelle*. Ce mot plaisant décida la chute de la pièce.

Desessarts, très-bon premier rôle de la troupe de la Haye, ayant un jour été surpris à la chasse, sur les plaisirs du stathouder, sut profiter à propos de la magie poétique et théâtrale pour sortir d'embarras..... Un des principaux gardes, qui n'avait jamais vu cet acteur que dans les rôles de princes, l'ayant abordé en lui demandant, *de quel droit il venait chasser en ce lieu là ?* L'autre, sans se démonter, lui répondit, en déclamant avec l'air et le ton de la fierté la plus héroïque : *de quel droit, dites-vous ?...*

Du droit qu'un esprit vaste et ferme en ses
desseins,
A sur l'esprit grossier des vulgaires humains (1).

Ce qui en imposa tellement au garde, que tout étourdi du ton et de la réponse, il se retira en disant : *Ah! .... c'est autre chose; excusez, Monsieur, je ne savais pas cela.*

Beaubourg, jouant *Néron* dans *Britannicus*, disait à Burrhus avec des cris affreux, et tout l'emportement de la férocité, en parlant d'Agrippius :

Répondez-m'en, vous dis-je, ou, sur votre
refus,
D'autres me répondront d'elle et de Burrhus.

Quoique ces deux vers exigent un tout autre ton de la part de cet empe-

(1) Vers de la tragédie de Mahomet.

reur, le comédien mettait dans sa façon de les dire tant de force et de véhémence, que tout le public en était frappé de terreurs, et se sentait entraîné à l'applaudir, comme s'il les eut dits dans la plus exacte vérité (1).

En 1767, sur la fin de l'année dramatique, on félicitait *le Kain* sur le repos dont il allait jouir, sur la gloire et l'argent qu'il avait gagné : il répondit modestement : « Quant à la gloire, » je ne me flatte pas d'en avoir beau- » coup acquis. Cette sorte de récom-

(1) Comme il arrive très-souvent, et surtout aujourd'hui que l'ignorance est assise aux loges et au parterre du spectacle, bien des acteurs, en faisant jouer toute la force de leurs poumons, usurpent tous les jours des succès encore bien moins mérités. Il faut crier pour plaire à la *nouvelle France*.

» pense nous est contestée par bien des
» gens, et vous même vous me le con-
» testeriez peut-être, si je voulais l'u-
» surper. Quant à l'argent, je n'ai
» lieu d'être aussi content qu'on le
» croirait : nos parts n'approchent pas
» de celles des Italiens, et en nous
» faisant justice, nous aurions droit
» de nous apprécier un peu plus ».

« Comment, morbleu ! s'écria un
» chevalier de St. Louis, qui écoutoit
» le propos, comment, morbleu ! un
» vil histrion n'est pas content de
» 12000 liv. de rentes, et moi qui suis
» au service du roi, qui dors sur un
» canon, et prodigue mon sang pour
» la patrie, je suis trop heureux d'ob-
» tenir 1000 liv. de pension. — *Eh !*
» *comptez vous pour rien, Monsieur,*
» *la liberté de me parler ainsi*, reprit

» le bouillant Orosmane. Cette réponse » est sublime (1) ».

La direction d'un spectacle exige des précautions et des ménagemens dont la connaissance est si difficile et la manœuvre si épineuse, que le maréchal de Saxe disait que son *armée lui coûtait moins à conduire*, que sa *comédie à diriger*.

Lorsqu'on donna *l'Accommodement imprévu* au théâtre français, un plaisant en battant des mains, applaudissait à tout rompre, et criait en même temps : « Ah ! que cela est mauvais ! » Ceux qui se trouvèrent à ses côtés surpris de ce procédé bizarre, lui demandèrent pourquoi il disait que la pièce

(1) Cette scène se passa au foyer de la comédie.

était mauvaise, dans le tems même qu'il l'applaudissait? « J'ai reçu, ré-
» pondit-il, un billet pour applaudir;
» je l'ai promis; et je tiens parole;
» mais je suis honnête homme, et je
» ne puis trahir mon serment; c'est
» pourquoi, tout en battant des mains,
» je dis et répète que la pièce est dé-
» testable ».

Un grenadier, en faction sur le théâtre dans une ville de garnison, fit connaître son illusion, non pas de vive voix, mais par une expression muette, au cinquième acte de *Rodogune*; car au moment qu'Antiochus, désespéré de la mort de son frère, veut savoir qui de sa mère ou de son épouse a pu le faire assassiner, et qu'il dit :

. . . . . Une main qui nous fut bien chère ! . .
Madame, est-ce la vôtre, ou celle de ma mère?
Est-ce vous, etc. etc. . . . .

Le grenadier qui n'avait pas perdu un mot de la tragédie, s'efforçait, pendant toute cette scène, de faire entendre au jeune prince que c'était Cléopâtre qui avait fait le coup, tantôt par des clins d'œil ou signes de tête, tantôt par certains mouvemens de la main, à la dérobée, et autant que pouvaient le permettre la contrainte et l'attitude du factionnaire. Le public s'étant aperçu à la fin de toute cette pantomime, s'abandonna à de tels éclats de rire, qu'il eut bien de la peine à laisser finir la tragédie.

A la reprise d'*Hirza* ou les *Illinois*, Sauvigny qui en est l'auteur, ayant rencontré Lemierre, lui demanda s'il avait pleuré? Celui-ci lui dit que non, mais bien qu'il avait *sué*.

Un premier acteur de l'Opéra étant

tombé malade au moment d'une nouvelle représentation, on choisit, pour le remplacer, un acteur subalterne. Celui-ci chanta, et fut sifflé; mais, sans se déconcerter, il regarda fixement le parterre et lui dit : *Je ne vous conçois pas; et devez-vous imaginer que pour six cents livres que je reçois par année, j'irai vous donner une voix de mille écus?* Le public oublia le peu de talens de l'acteur, et l'applaudit pendant le reste de son rôle.

On donna en 1773, *l'Erreur d'un moment*, comédie de Monvel. Comme cette comédie essuya beaucoup de contradictions, quelqu'un fit le quatrain suivant :

Monvel, las de nous faire rire,
Hélas! se livre au larmoyant :
Fasse le ciel que ce délire
Ne soit que *l'Erreur d'un moment*.

Un particulier dit un jour au parterre où l'on était fort serré : *Je suis bouilli ;* un de ses voisins s'écria : *et moi je suis cuit* ; un autre que ces deux hommes pressoit fortement, dit à son tour : *pour moi je suis entre deux plats.*

C'est mademoiselle Rancourt qui a ressuscité la *Médée* de Longepierre, par un jeu très-passionné. Mademoiselle....... qui était présente à une des premières représentations de cette reprise, dit, lorsque Médée se dispose à tuer ses enfans : *Je voudrais bien que pour me venger de mes ingrats, elle fit la fricassée pour nous deux.*

En juillet 1781, tous les sujets de l'Opéra reçurent défenses de sortir de Paris sans congé. Un plaisant composa le quatrain suivant :

Passe que les acteurs ne puissent s'absenter!
On peut avoir soudain besoin de leurs services :
Mais que deviendront les actrices ?
On leur défend de s'écarter ;

L'opéra d'*Emelinde* de Poinsinet, musique de Philidor, représenté en 1767, attira une foule considérable. Il n'eut pas le succès qu'on en attendait. On fit sur l'auteur et le compositeur l'épigramme suivante :

Qui veut de tout, de tout aura,
Qu'il aille entendre l'opéra ;
Chant d'église, chant de boutique,
Du bouffon et du pathétique,
Et du romain et du français,
Et du baroque et du niais,
Et tout genre de symphonie,
Marche, fanfare, et *cætera* ;
Rien ne manque à ce drame là,
Sinon, esprit, goût et génie (1).

---

(1) On a dit de cet opéra, *que la musique y ressemblait à tout, et que les paroles n'y ressemblaient à rien.*

Voltaire disait de l'acteur *Paulin*, à qui il destinait les rôles de tyran : *c'est un tyran que j'élève à la brochette.*

On représentait dans une société bourgeoise l'*Andromaque* de Racine. Les spectateurs s'égayaient un peu aux dépens des acteurs. Celui qui était chargé du rôle de *Pyrrhus*, scandalisé à l'excès, s'avança de l'air le plus comiquement imposant, et dit de la meilleur foi du monde : *Messieurs, faites donc silence ; je ne m'entends pas moi-même.*

Montfleuri, qui parut sur la scène française avant Baron, mourut en 1667, des violens efforts qu'il fit en représentant *Oreste* dans l'*Andromaque* de Racine. Gueret, dans son Parnasse réformé, fait dire à cet acteur : « Qui voudra savoir de quoi je suis mort, qu'il ne demande point si c'est de la fiévre, de l'hydropisie ou de la goutte; mais qu'il sache que c'est d'Andromaque.

En 1768, le roi de Danemarck était en France. Il fut à la comédie française. On jouait pour petite pièce les Fausses infidélités. Le duc de Duras, qui voulait du bien à Barthe, auteur de ce drame, le fit trouver sur le passage de ce monarque et le lui présenta. Le prince lui dit les choses les plus obligeantes et les plus flatteuses. « *Le haut rang de votre majesté la dispose à l'indulgence*, répondit ce poète avec une modestie ingénieuse.

Un acteur en commençant le rôle d'Hyppolite, dans Phèdre, au lieu de ce vers ci :

Le dessein en est pris, je pars, cher Téramène.

fit

fit voir qu'il était aussi habile que ce soit à estropier les vers et dit :

Le dessein en est pris, je pars et te ramène.

Un nommé Caze, fils d'un fermier-général, devint amoureux de madame Dugazon, célèbre actrice des Italiens. Pour jouir plus à son aise d'elle, il avait présenté le mari chez son père. On sait que cet acteur est grand farceur, même en société, et le jeune homme et lui faisaient souvent des parades pour amuser la compagnie et les maîtres de la maison. L'acteur se douta des motifs de son introduction dans cette famille, et du bon accueil qu'il y recevait. La jalousie s'empara de lui, et pour avoir une preuve complète de l'infidélité de sa moitié, un matin il s'introduisit dans l'appartement du jeune Caze, ferma la porte, et le pistolet sous la gorge, le força de lui rendre les lettres et le portrait de sa femme. Il s'en alla après cette expédition. Le jeune homme revenu de sa frayeur, et le suivant sur l'escalier, cria à l'assassin! au voleur! qu'on arrête ce coquin!.... *Dugazon*, sans s'effaroucher, ni sans précipiter ses pas, répondit avec un grand sang-froid, *à merveille, bien joué, la scène est excellente; les domestiques y seraient pris, s'ils n'étaient accoutumés à nos farces*.... Avec ces propos il gagna la porte, et laissa les valets incertains, si c'était une comédie ou non.

L'Ecole des péres, comédie par Rousseau de Toulouse, fut sifflée par trois fois trois. L'acteur s'étant avisé de déclamer emphatiquement ce vers-ci:

Le mensonge est en l'air, et je le vois partir.

Le parterre s'écria : *ouvrez les loges*.

L'opéra d'Orphée représenté en 1690, fut mal accueilli du public ; on ne le siffla point, parce qu'il avait été défendu au parterre de siffler. Cette défense donna lieu à l'épigramme et au rondeau suivans :

ÉPIGRAMME.

Je viens de l'opéra d'Orphée :
Je l'ai vu fort à l'aise et tout me promenant ;
Le silence était surprenant,
Point de sifflet, point de huée ;
Le bon goût au parterre était *incognito*,
Et l'on se contentait d'y siffler *in petto*.

RONDEAU.

Le sifflet défendu ! quelle horrible injustice !
Quoi donc impunément un poète novice,
Un musicien fade, un danseur éclopé,

Attraperont l'argent de tout Paris dupé,
Et je ne pourrai pas contenter mon caprice !
Ah ! si je siffle à tort je veux qu'on me punisse,
Mais siffler à propos ne fut jamais un vice.
Non, non, je sifflerai ; l'on ne m'a pas coupé
le sifflet.
Un garde à mes côtes planté comme un jocrisse,
M'empêche-t-il de voir ces danses d'écrevisses,
D'ouir ces sots couplets, et ces airs de jubé,
Dussé-je être, ma foi, sur le fait attrapé,
Je le ferai jouer, à la barbe du suisse
Le sifflet.

Les deux premiers actes d'Eponine, tragédie de Chabanon, qui fut représentée en 1762, parurent n'avoir aucun objet déterminé, et l'on n'entrait dans l'exposition du sujet qu'au commencement du troisième acte. Un caustique froid, qui était assis au dernier banc de l'amphithéâtre, se leva à la fin du second, et sortit en disant avec un sérieux glacial : *Je m'en vais, puisqu'ils ne veulent pas commencer* (1).

A la représentation du *Fabriquant de Londres*, drame en cinq actes et en prose, représentée en 1771, on vint annoncer sur la scène la Banqueroute du marchand. Un spectateur au

(1) Aujourd'hui on ne commet pas la faute qu'on reprochait à Chabanon. On sait dès la première scène tout ce qui va arriver ; et malgré cette précaution la pièce a de la peine à finir, ou finit d'une manière si pitoyable que l'on pourrait, sans aucun inconvénient, commencer par la fin et finir par le commencement, tant il y a peu de gradations dans la marche de l'action. Le public trouve cela fort bon et s'en contente ; tant mieux pour lui, les auteurs et les acteurs.

parterre s'écria plaisamment : *Ah ! morbleu, j'y suis pour vingt sous.*

Un fameux *virtuose* venait de chanter dans *Biblis*, tragédie opéra ; quelqu'un demanda à une demoiselle qui y était présente, si elle ne trouvait pas qu'il chantait très-bien. « Oui, disait-» elle, il a une jolie voix ; mais il me » semble pourtant qu'il y manque quel-» que chose ». (1)

La mauvaise réputation de *Cirano de Bergerac*, sur le fait de la religion, donna occasion à une aventure assez plaisante. Un jour qu'on jouait son *Agrippine*, des badauds avertis qu'il y avait des endroits dangereux, les en-

(1) Il serait difficile de citer un trait de l'ignorance du parterre, plus achevé que celui-ci.

tendirent tous sans émotion. Enfin, lorsque Séjan, résolu à faire périr Tibère, qu'il regardait déjà comme sa victime, vient à dire sur la fin de la quatrième scène du quatrième acte :

Frappons, voilà l'hostie.....

Ils s'écrièrent aussitôt : ah, le méchant ! Ah ! le lâche ! comme il parle du St. Sacrement.

On jouoit un jour à Verdun, sur le théâtre de la ville, la Partie de Chasse de Heni IV, au troisième acte, pendant que Henri est à table avec Michaut et la famille de ce meûnier, celui-ci chante une chanson pour réjouir son hôte. Lorsque l'acteur fut au troisième couplet qui commence par ces paroles :

Vive Henri quatre,
Vive ce Roi vaillant !

Tous les spectateurs dont la sensibilité avait été vivement émue dans le cours de la représentation, entrant tout-à-coup dans l'enthousiasme, se mit à répéter en chœur et à haute voix : *vive Henri IV*, et ce couplet fut chanté en entier de la même manière.

La tragédie de *Brutus*, par Voltaire, fut donnée dans le tems que les satyres, nommées *calottes*, étaient en vogue. Un abbé qui assistait à la première représentation, s'était placé sur le devant d'une loge, quoiqu'il y eut des dames derrière lui ; il fut bientôt apostrophé par le parterre, qui cria à plusieurs reprises, *place aux dames, à bas la calotte*. L'abbé impatient de ces clameurs, prit sa calotte, et dit en la jetant : « *Tiens, la voilà parterre : tu la mérites bien*. Ce mot fut trouvé heureux : il fut applaudi, et l'abbé, qui l'avait dit, fut laissé tranquille.

L'acteur Beaubourg, qui était extrêmement laid, représentant le rôle de Mithridate (celui de Racine) madame Lecouvreur qui jouait celui de Monime, lui dit : *Ah ! seigneur, vous changez de visage.* Un habitué du parterre cria : *laissez le faire.*

Un acteur nommé Rousselet ; après avoir débuté par le rôle de *Mithridate* sur le théâtre français, passa sur celui de l'opéra comique. Il reparut quelque tems après sur le premier, et y ayant éprouvé quelques disgraces du public, il s'avança sur le bord du théâtre, pour le haranguer. Un plaisant du parterre lui répondit par ces vers de Mithridate qu'il venait de jouer :

Prince, quelques raisons que vous puissiez
nous dire,
Votre devoir ici n'a point dû vous conduire.

L'anecdote suivante mérite d'occuper une place dans ce recueil par sa simplicité :

Le 30 novembre 1772, à la comédie française, un instant avant que la grande pièce commencât, un particulier se leva dans l'orchestre sur la banquette où il était assis, et se tournant vers le parterre, lui demanda un moment d'audience. La nouveauté du spectacle suspendit l'attention générale, et voici comme il s'exprima :

« Je me nomme Billard, je suis fils » d'un bourgeois, secrétaire du roi, » receveur des tailles ; entraîné par » l'amour des lettres, je suis venu à

» Paris pour y présenter aux comédiens » une pièce de ma façon, intitulé : *le* » *Suborneur*, pièce approuvée par » d'excellens connaisseurs, mais re- » jetée par les histrions ; j'ai inutile- » ment tenté auprès d'eux tous les » moyens de la leur faire accepter ; in- » digné de ces refus multipliés, j'ai » déclaré une guerre ouverte à leur » mauvais goût ; je les ai traités tous » en général, et chacun en particulier » avec tant de mépris que je ne me » flatte plus de rien obtenir de tels » juges, devenus mes ennemis ; mais » j'en appelle au parterre assemblé ; je » vais vous lire ma comédie, et si vous » la jugez digne de vos suffrages, j'at- » tends de votre bonté que vous force- » rez par vos acclamations l'aréopage » comique à l'accepter. »

Après ce petit discours il se mettait en devoir de lire son *Suborneur*, lorsqu'un sergent vint lui mettre la main sur le collet ; il tira un instant son épée qui lui fut arrachée ; et on le conduisit au corps-de-garde.

Pour éviter le tumulte, on commença sur-le-champ le *Comte d'Essex*, et la tragédie fut écoutée fort tranquillement ; mais entre les deux pièces, Molé étant venu pour annoncer, on ne le laissa point parler. Il s'éleva un cri du parterre pour redemander l'auteur du *Suborneur*. L'acteur confus se retira ; le bruit ne faisant qu'augmenter, on fit entrer trente hommes de garde dans le parterre ; on en arrêta plusieurs, et cela fit une scène très-tumultueuse.

Le nommé Billard cependant était au corps-de-garde, qui voulait lire à toute

toute force sa pièce aux soldats, et les faire juges de son procès ; on le traita comme fou, et il fut conduit à Charenton (1).

Lorsqu'en 1772 et 1773, mademoiselle Raucourt débuta aux Français, mademoiselle Vestris cabala et fit cabaler contre la nouvelle actrice qui montrait beaucoup de talent. Ce qui donna lieu à un bon mot à la dernière représentation de *Cinna*. Un chat s'étant trouvé dans la salle, fit des miaulemens fâcheux ; un plaisant s'écria

(1) La punition fut un peu trop forte ; et si l'on conduisait tous les lecteurs à un pareil châtiment, le Lycée, rue du Hazard, le Portique, et les autres sociétés littéraires et savantes deviendraient bientôt un véritable désert ! On sait bien qu'un poète est fou, mais ce n'est pas un fou à lier.

alors : *Je parie que c'est le chat de mademoiselle Vestris.*

La pièce de l'*Impatient*, de Poinsinet jeune, représentée en juillet 1759, finit par un trait tout à la fois caractéristique et plaisant. L'*Impatient* obtient Julie, et sur ce qu'on lui dit qu'il faudrait avertir un notaire, il s'écrie :

Un notaire! ah grands Dieux, il ne finira pas;
La sotte invention que celle des contrats!

A la première représentation de Pierre le Cruel, tragédie de Belloy, Édouard dit à Blanche, scène IV, acte premier :

. . . . . . De vous je dois répondre.
Vous serez sous ma garde en paix comme *dans Londre.*

Des gens apostés feignirent d'entendre *dans l'onde*, et on hua. Un mauvais plaisant ajouta même que Blanche serait dans la tente d'Édouard, *comme le poisson dans l'eau*.

L'abbé Pellegrin, auteur de la tragédie de *Pélopée*, se promenant au Luxembourg avec un de ses amis, vit devant lui une feuille de papier qui contenait un modèle d'écriture, sur lequel il n'y avait que des P. L'ami ramassa cette feuille et dit à l'abbé : devinez ce que veulent dire toutes ces lettres ? C'est, répondit l'abbé, la leçon qu'un maître à écrire a donnée à son élève, et que le vent a fait voler à nos pieds. Vous vous trompez, dit son ami : voici le sens de cette longue abréviation : tous ces P signifient : *Pelopée*, *pièce pitoyable, par Pellegrin, poète, pauvre, prêtre, provençal.*

Une débutante au théâtre français, dont les talens étaient médiocres et la figure désagréable, remplissait le rôle d'Andromaque, et le remplissait mal. Sa physionomie ne portait point les spectateurs à l'indulgence. Un d'eux murmurait tout bas d'entendre estropier les vers du tendre Racine, dont il était l'admirateur zélé. Cependant quelque envie qu'il eût d'éclater, il se contraignit; mais ce ne fut pas pour long-tems; car dans un endroit où Andromaque dit à Pyrrhus:

Seigneur, que faites-vous, et que dira la
Grèce!

Cet homme ne pouvant plus se contenir, enfonce son chapeau, se hausse sur ses pieds, et lui répond vivement et intelligiblement sur une rime très-riche :

Que vous êtes, madame, une laide b.....

Il sort en même tems, laisse le parterre applaudir à ce vers impromptu, et l'actrice fort embarassée de sa figure.

On assure que lorsqu'on demandait au grand Condé, ce qu'il pensait de Bérénice, tragédie de Racine, il répondait par ces deux vers où Titus dit de la reine :

Depuis deux ans entiers chaque jour je la vois,
Et crois toujours la voir pour la première fois.

D'autres disent au contraire qu'il ne répondit jamais autre chose que ce refrain de chanson.

Marion pleure, Marion crie,
Marion veut qu'on la marie.

Lorsque Lemierre se présenta à l'assemblée des Comédiens français pour solliciter la remise de sa *Veuve du Malabar*, il leur dit : « Messieurs, il n'y a point de veuve qui n'ait ses reprises, et je viens vous demander celles de la *Veuve du Malabar* ».

Comme dans cette tragédie on allume un bûcher au cinquième acte, un mauvais plaisant dit, *qu'il n'y avait point d'acte plus chaud que celui-là.*

Dufréni composa d'abord sa comédie intitulée *l'Amant masqué* en trois actes; les comédiens la lui firent réduire en un. Celles qu'il faisait en cinq actes étaient aussi presque toujours remises en trois. « Quoi ! dit-il un jour très-piqué, je ne viendrai donc jamais à bout de faire jouer une pièce en cinq actes ? Pardonnez-moi, lui répondit l'abbé Pellegrin ; faites une comédie en onze actes ; les comédiens vous en retrancheront six, et il vous en restera cinq ».

Une actrice nouvelle, qui jouait à Londres le rôle de Lady Anne dans la tragédie de Richard III, ayant répété ce passage : *Ah ! quand aurai-je un peu de repos ?* Un de ses créanciers qui était dans la galerie, s'écria : *jamais, si vous ne me payez pas les trente schelins que vous me devez.*

Dans la pièce intitulée *le Retour de l'Opéra-comique*, il y a un morceau qui est tiré de la tragédie des Horaces, et parodié assez heureusement. C'est la comédie française qui exprime toute la haine qu'elle porte au théâtre de la Foire, avec lequel elle avait eu plusieurs procès.

Ah ! c'est trop ensouffrir de ce vil adversaire;
Qu'il sente les effets de ma juste colère:
Foire, l'unique objet de mon ressentiment,
Foire, à qui l'opéra fait un sort si charmant;
Foire, qui malgré moi te trouve ma voisine;
Foire, enfin que je hais, et qui fais ma ruine'
Puissent tous tes rivaux contre toi conjurés
Sapper tes fondemens encor mal assurés;
Et si ce n'est assez de leurs trames secrètes,
Que mille plats auteurs t'apportent leurs sornettes:
Que chez toi, la discorde allume son flambeau;
Que ce trône éclatant te serve de tombeau:
Que cent coups de sifflets effrayent ton audace;
Que ton cher opéra te mette à la besace:
Que tes auteurs jaloux se disputent entr'eux:
Que jamais le bon goût ne préside à tes jeux,
Puissai-je de mes yeux voir tomber ce théâtre,
Dont Paris follement se déclare idolâtre;

Voir le dernier forain à son dernier soupir,
Moi-même en être cause et mourir de plaisir.

Dufresne, célèbre acteur français, jouant dans une tragédie, d'un ton de voix trop faible, un des spectateurs cria *plus haut* : l'acteur répondit avec fierté : *et vous plus bas.*

Le parterre indigné répartit par des huées qui firent cesser le spectacle.

La police prit connaissance de cette affaire, et obligea Dufresne de faire des excuses au public. Cet acteur obéissant à regret à ce jugement, et s'avançant sur le bord du théâtre, commença ainsi sa harangue :

« Messieurs, je n'ai jamais mieux senti la bassesse de mon état que par la démarche que je fais aujourd'hui ».

Le public l'interrompit par ses applaudissemens, et mit fin à cet acte d'humiliation.

Un nommé Guichard, ayant présenté aux Italiens, en 1776, un opéra comique qu'ils rejettèrent, attribua cette disgrace à l'animosité de *Clairval.* Il en fut si piqué, qu'ayant trouvé le portrait de cet acteur, il écrivit ces deux vers relatifs au jeu de l'acteur très-maniéré, à son organe très-faible, et à son ancienne profession de perruquier, qu'il a quittée pour se faire comédien, mais sur-tout à son despotisme envers les auteurs :

Cet acteur minaudier et ce chanteur sans voix
Ecorche les auteurs qu'il rasait autrefois.

Jamais tragédie fut annoncée dans le monde avec plus d'éclat qu'Antipater, tragédie (1) d'un nommé Portelance, et jamais pièce ne fut plus sifflée. Aussi, pendant 20 ans, on disait d'un ouvrage bien tombé : il a été sifflé comme *Antipater*. Les *Barmécides* de *la Harpe* firent tomber le proverbe.

Un mauvais comédien, accoutumé à être sifflé dans chaque ville où il allait, se voyant un jour plus maltraité qu'à l'ordinaire, se retourna tranquillement, en sortant de la scène, et dit au parterre : « Messieurs, vous vous » en lasserez ; on s'en est bien lassé » ailleurs ». Cette naïveté fit rire ; et depuis le public le reçut toujours avec bonté.

Dans un ville de province, un acteur à qui probablement les moyens pécuniaires manquaient pour se procurer

(1) Cette pièce fut représentée en 1751.

de nouveaux habits, et du linge neuf, faisait le rôle d'Arbate dans la tragédie de Mithridate de Racine. Lorsque à la scène troisième du deuxième acte Mithridate paraît, et dit à son confident rbate :

Enfin après un an, je te revois, Arbate,

Un plaisant du parterre, se levant de la banquette, prit vivement la parole, et dit en s'adressant au confident :

Avec les mêmes bas et la même cravate.

Ce qui produisit un mouvement général dans le parterre. On applaudit avec une espèce de fureur, et les acteurs eurent beaucoup de peine à achever la pièce.

A une représentation d'*Aricie*, opéra, qui parut en 1697, un fat chantait

dans

dans le parterre, et si haut qu'il incommodait tous ses voisins. L'un d'eux, gascon, moins endurant que les autres, disait à chaque instant : *le fat ! le maudit chanteur ! le bourreau ! le chien de chanteur !* et autres termes même plus énergiques. « Est-ce donc » de moi que vous parlez, lui dit le » chanteur facheux » ? ..... « Non, » répliqua le gascon, c'est de Theve- » nard (1) qui m'empêche de vous » entendre ».

Crébillon le tragique ayant eu une maladie très-inquiétante, plusieurs années avant d'avoir donné et même achevé son *Catilina*, son médecin le pria de lui faire présent des deux premiers actes. L'auteur lui répondit

(1) Fameux chanteur de l'Opéra.

par ce vers si connu de Rhadamiste :

Ah! doit-on hériter de ceux qu'on assassine?

Une actrice, qui n'était rien moins qu'aimée à Toulouse, quoiqu'elle ne fut pas sans talent, jouant dans une tragédie qu'on donnait pour la clôture du théâtre, fut accompagnée à sa dernière sortie, de quelques huées du public; mais s'étant retournée, et ayant regardé un moment le parterre en pitié, elle se contenta, sans dire un seul mot, de lui faire, en face, un grand signe de croix, pour lui marquer toute l'étendue de son mépris.

On venait de jouer une comédie en deux actes et en vers. Un particulier qui était aux quatrièmes loges demanda à son voisin, si cette comédie était en prose ou en vers : Comment voulez-vous, répondit ce dernier, que l'on puisse faire d'ici cette distinction?

Rameau faisant répéter son opéra des Paladins, dit à une des actrices : « Mademoiselle, allez plus vîte. — Mais si je vais plus vîte, on n'entendra plus les paroles. — Eh ! qu'importe ? il suffit qu'on entende la musique ».

Un comédien de province jouait dans l'*Iphigénie* de Racine, le rôle d'Achille, qu'il avait même très-bien rendu pendant toute la pièce, lorsqu'au dernier couplet du cinquième acte, la mémoire lui manqua absolument après ce vers :

Le prêtre deviendra ma première victime....

Mais loin de s'interrompre pour écouter le souffleur, et de perdre par-là l'effet assuré d'une sortie brillante, il continua avec la même impétuosité jusqu'à la fin, en déclamant à tort et à travers, des mots sans suite, et sans savoir du tout ce qu'il disait ; de façon qu'il trouva moyen de terminer sa tirade avec tant de véhémence et d'éclat, qu'il fut applaudi comme s'il eût admirablement dit les plus beaux vers de Racine.

Brueys, auteur du *Grondeur*, disait que Baron et la Champmêlé avaient fait passer plus de mauvaises pièces, que tous les faux monnoyeurs du royaume.

Mademoiselle *Chevalier* était une actrice de l'Opéra qui a rempli long-tems les premiers rôles avec beaucoup de succès : on fit sur elle le quatrain suivant :

Chevalier, quelles sûres armes,
Pour mettre un amant sous vos loix !
Vous séduisez par votre voix,
Les cœurs échappés à vos charmes.

Danchet fut un jour consulté par un jeune poète sur une petite pièce qui commençait ainsi :

Maison qui renfermez mon aimable maîtresse

Danchet interrompit le poète et lui dit : le mot de *maison* est bas. Mettez *palais* : l'acteur recommença son vers de la même façon. Je vous ai déjà dit, reprit Danchet, de mettre *palais*. « Eh ! monsieur, répliqua le jeune homme, vous voulez que je mette *palais*, tandis qu'elle est à l'hôpital.

Le père de la Rue, sermonant *Dancourt* son ancien disciple, sur ce qu'il avait embrassé la profession de comédien : « Ma foi, mon père, lui dit *Dancourt*, je ne vois point que vous deviez tant blâmer l'état que j'ai pris.

Je suis comédien du Roi; vous êtes comédien du Pape. Il n'y a pas tant de différence de votre état au mien ».

De tous les vers qu'on fit à la louange de mademoiselle Dangeville, célèbre actrice du théâtre Français, et qui formeraient d'immenses volumes (1), on se contentera de rapporter les quatre suivans :

Que Dangeville a de génie!
D'art, de finesse et d'enjouement!
Rivale aimable de Thalie,
Elle en a l'air et le talent.

---

(1) Quelqu'un qui voudrait donner au public l'idée de la fécondité de nos petits auteurs rimailleurs, pourrait rassembler tous les petits vers qui ont été et qui sont encore adressés journellement à mademoiselle *Contat*. Il en remplirait dix volumes in-8°. Malheureusement aucune de ces pièces de vers ne surnagera sur le fleuve de l'oubli.

On disait un jour à mademoiselle *Duclos*, célèbre actrice de la comédie Française : « Je parie, mademoiselle, que vous ne savez pas votre *Credo* ! Ah, ah, dit-elle, je ne sais pas mon *Credo* ! Je vais vous le réciter : *Pater noster, qui*. . . . . . Aidez-moi, je ne me souviens plus du reste ».

FIN.

ERRATA.

Pag. 72, à la ligne douzième, au lieu de trois jeux, six plaisirs et deux Vénus; *lisez* trois jeux, six plaisirs et deux vents.

Page 87, à la note au lieu de Michu a la réputation; *lisez* Michu avait à cette époque la réputation. *Voyez les Mémoires secrets.*

A la ligne sixième de la note, page 95, au lieu de: si quelqu'un pensait lui disputer la prééminence, ça ne doit être que la Harpe; *lisez* si quelqu'un peut lui disputer la prééminence, ça ne doit être que la Harpe.

www.ingramcontent.com/pod-product-compliance
Lightning Source LLC
LaVergne TN
LVHW020316230826
846091LV00003B/697

* 9 7 8 2 0 1 3 0 3 3 0 9 1 *